अलका सरावगी

अलका सरावगी का जन्म 1960 ई. के नवम्बर माह में हुआ। आपके पहले ही उपन्यास *कलिकथा : वाया बाइपास* को वर्ष 1998 के साहित्य अकादेमी पुरस्कार से सम्मानित किया गया।

कृतियाँ : *शेष कादम्बरी* (बिहारी पुरस्कार), *कोई बात नहीं, एक ब्रेक के बाद, जानकीदास तेजपाल मैनशन, एक सच्ची-झूठी गाथा* (उपन्यास); *कहानी की तलाश में, दूसरी कहानी* (कहानी-संग्रह)।

जर्मन, फ्रेंच, इटालियन, स्पेनिश, अंग्रेजी तथा अनेक भारतीय भाषाओं में कृतियाँ अनूदित।

सम्पर्क : 2/10, शरत बोस रोड, गार्डन अपार्टमेंट्स, गुलमोहर, कोलकाता-700 020

ई-मेल : alkasaraogi@gmail.com

एक सच्ची-झूठी गाथा

अलका सरावगी

राजकमल पेपरबैक्स

राजकमल पेपरबैक्स में
पहला संस्करण : 2018
दूसरा संस्करण : 2021

राजकमल पेपरबैक्स : उत्कृष्ट साहित्य के जनसुलभ संस्करण

राजकमल प्रकाशन प्रा. लि.
1-बी, नेताजी सुभाष मार्ग, दरियागंज
नई दिल्ली-110 002
द्वारा प्रकाशित

शाखाएँ : अशोक राजपथ, साइंस कॉलेज के सामने, पटना-800 006
पहली मंजिल, दरबारी बिल्डिंग, महात्मा गांधी मार्ग, प्रयागराज-211 001
36 ए, शेक्सपियर सरणी, कोलकाता-700 017

वेबसाइट : www.rajkamalprakashan.com
ई-मेल : info@rajkamalprakashan.com

यश प्रिंटोग्राफिक्स
ग्रेटर नोएडा-210 310 (उत्तर प्रदेश)
द्वारा मुद्रित

मूल्य : ₹199

EK SACHCHI-JHOOTHI GATHA
Novel by Alka Saraogi

ISBN : 978-93-87462-04-5

They all talked at once, their voices insistent and contradictory and impatient, making of unreality a possibility, then a probability, then an incontrovertible fact, as people will when their desires become words.

William Faulkner, *The Sound and the Fury*

[वे एक साथ बोल रहे थे : उनकी आवाज़ों में ज़िद थी, असंगति थी, अधीरता थी। शायद वे मानते थे कि कल्पना को रूप देना सम्भव है या कि ऐसी सम्भावना गढ़ना। या फिर कल्पना उनके लिए अकाट्य तथ्य बन गई थी। यह तब होता ही है जब अरमान शब्द बन जाते हैं।]

भाग-1

उसके मन में एक चोर है।

शायद इसीलिए इतनी बेचैनी है।

दार्जिलिंग के नजदीक बागडोगरा एयरपोर्ट के सीलिंग पर लगा कैमरा पिछले आधे घंटे से एक सीट पर बैठी गाथा को देख रहा है।

गाथा कभी अपने दो दिन के कपड़ों से भरे छोटे सूटकेस और कभी एयरपोर्ट में घुसने के लिए आनेवाले रास्ते को देखती है। बीच-बीच में अपने फोन को देख लेती है, जो किसी तरह बजने का नाम नहीं ले रहा।

ऐसा कभी आज तक उसके साथ नहीं हुआ। तमाम छोटे-बड़े कामों और अपनी जानी-पहचानी दुनिया छोड़कर जिसके पास आए, वह लेने तक न आए। ऊपर से अपना फोन भी बन्द रखे।

कैमरा गाथा की परेशानी और हैरत को देख रहा है। आज जब सब्जी-भाजी वाले का फोन तक कभी बन्द नहीं मिलता, एक पढ़ा-लिखा शख़्स अपने फोन को चालू न रखे, ऐसा कैसे हो सकता है? जिन्दगी का महज एक फोन पर इतना भरोसा करके चलना आदत सी बन गई है।

मन में एक बार आया था कि सुबह-सुबह घर से निकलने के बाद—जिससे मिलने के लिए वह अकेली निकल पड़ी है—उससे बात कर ली जाए। फिर लगा कि क्यों उसकी नींद ख़राब की जाए सिर्फ़ इतना पूछने के लिए कि उसे याद तो है न कि वह कलकत्ते से एक घंटे से भी कम देर की उड़ान भरकर आठ बजे एयरपोर्ट पर अकेली होगी। परसों तो बात हुई ही थी, अब एयरपोर्ट पर उतरते ही फोन पर बात हो ही जाएगी।

असली समस्या इस 'ही' शब्द के कारण है, जो हर सोच में पिछलग्गू की तरह चिपका रहता है।

हर शै का भरोसा करते हुए।

भरोसा है, तो औकात है। अपनी भी। दूसरों की भी। गाथा पर उसके घरवाले —पति और पिछली-अगली पीढ़ियाँ—भरोसा करते हैं। इसलिए वह कहीं भी अकेली निकल सकती है। यही भरोसा उसे दूसरों पर करना पड़ता है, नहीं तो पृथ्वी पर रहते हुए भी उसके लिए उनका कोई वजूद नहीं होता। होता भी है, तो चौरासी लाख योनियों में रहनेवाले जीव-जन्तु-कीट-पंतगों की तरह। यानी कि वे बस हैं। पर थोड़ा-बहुत भरोसा करते ही वे उसकी अपनी दुनिया के हिस्से बन जाते हैं।

गाथा आँखें सीलिंग की तरफ़ उठाती है। पर वह कैमरा नहीं देखती। अपने को इस स्थिति में डालना उसकी किस मजबूरी से हुआ है? यही न कि गाथा अपनी कहानियों में आने वाले पात्रों पर भरोसा करे। अपनी जिन्दगी का जितना पूरा-अधूरा, सच्चा-झूठा टुकड़ा वे उससे साझा करें, उसे वह उनका पूरा सच मानकर उनके साथ जीने लग जाए। यह जानते हुए भी कि अपने पात्र की जुबानी सुनी जा रही कहानी में आनेवाले हर शख्स के पास इससे बिलकुल अलग एक कथा होगी। कहनेवाले की भी मजबूरी है कि वह अपनी कथा को वैसे ही कहे, जैसी उसे सच लग रही है। या फिर पूरा सच बताना उसकी मंशा हो ही नहीं।

गाथा बेचैनी से उठकर चार क़दम चलकर कैमरे के फ्रेम से बाहर चली जाती है। पर घूमकर उसी सीट पर आकर बैठ फिर फोकस में आ जाती है।

पूरा सच उसने भी अपने घरवालों को नहीं बताया है। यह नहीं बताया कि वह एक ऐसे लेखक से मिलने जा रही है, जो उससे न सिर्फ उम्र में लगभग आधा है, बल्कि सम्भवत: एक लेखक है ही नहीं। उसने नहीं बताया कि वह हर बार की तरह किसी कॉलेज द्वारा आयोजित किसी सेमिनार में हिस्सा लेने बागडोगरा-सिलीगुड़ी-दार्जिलिंग नहीं जा रही, जिसमें बोलनेवाले हर शख्स को पता होता

है कि वह जो भी बोलेगा, उसे बिना बोले भी काम चल जाएगा। उसका भी और सुननेवालों का भी।

⬆

गाथा ने सिर कुर्सी पर पीछे टिका आँखें मूँद ली हैं। यहाँ आना क्या सचमुच जरूरी था? प्रमित सान्याल से उसका परिचय महज एक संयोग था। एक ऐसा संयोग जो पिछली बीती हुई दुनिया में असम्भव था, और आज की कम्प्यूटर-मोबाइल की दुनिया में बहुत आसान और आमफहम। गाथा ने अपनी पिछली किताब की सूचना ई-मेल के जरिए सैकड़ों लोगों को भेज दी थी। किताब का कवर, सार-संक्षेप और प्राप्त करने की सूचना को 'अटैच' करना और एक साथ पूरी ई-मेल सूची के जाने-अनजाने लोगों को भेजना कितना मुनासिब और जरूरी काम है। शायद उतना ही जरूरी, जितना कि एक किताब लिखना।

तभी प्रमित सान्याल का अंग्रेजी में जवाब आया था। "मैडम, आपकी जानकारी के लिए मैं सिर्फ अंग्रेजी किताबें पढ़ पाता हूँ। इस तरह बेवजह आप लोगों के 'इनबॉक्स' में कचरा डालें, यह क्या उचित है?"

गाथा का खून खौल गया था। "इंग्लिश बुलडॉग!" उसने लिखा था, "नाम से तो आप बंगाली लगते हैं। तब सिर्फ अंग्रेजी ही क्यों पढ़ पाते हैं? साहित्य किसी भी भाषा में लिखा हो, साहित्य होता है। उसे 'कचरा' सिर्फ एक असभ्य और बदगुमान आदमी ही कह सकता है। बहरहाल, मुझे भी आप जैसे लोगों से सम्पर्क में कोई रुचि नहीं है। माफ करें।"

गाथा ने सोचा था बात खत्म! पर तुरन्त ही देखा मोबाइल में ई-मेल का जवाब चला आया—"मेरे पिता बंगाली थे और मेरी माँ जर्मन। वे दोनों हमेशा अंग्रेजी में बात करते थे, इसलिए मैंने सोचा कि मेरी मातृभाषा अंग्रेजी है। जो चीज हमारे काम की नहीं होती, आज की भाषा में हम उसे कचरा कह लेते हैं। इसलिए भी कि हम अभिशप्त हैं कि हमें वह सब सुनना, पढ़ना और देखना पड़ता है जो हमारे न काम का है, न जिस पर हम भरोसा कर सकते हैं। यकीन न हो, तो एक घंटा टी.वी. के चार चैनलों पर न्यूज़ सुनिए और बताइए कि उसमें कितना कचरा है!"

मोबाइल पर मैसेज की आवाज़ से गाथा की आँखें खुल जाती हैं—"पहुँच गई?" पति अपने कर्तव्य में मुस्तैद हैं, वह भले हो न हो। "हाँ, गेस्ट हाउस के रास्ते में हूँ। कॉलेज से कोई लेने आया है।"—गाथा को पता है कि एक झूठ को बचाने के लिए पूरा थियेटर सजाना पड़ता है। यों भी वह पचास की उम्र पार कर चुकी है। झूठ-सच का फर्क और मौका-बेमौका समझने या समझाने की जरूरत ही क्या है?

उसकी कहानियों के पात्र भी झूठ बोलते हैं। अहिल्या का पति तीन दिन बाद घर लौटा है। अहिल्या देखती है कि उसकी निगाहें बार-बार कुछ खोज-सी रही हैं। वह जानती है कि वह किसे खोज रहा है। चुलबुली-सी, पति से आधे उम्र की लड़की को घर में काम पर रखते हुए उसे पहले ही सोचना चाहिए था। ऐसा नहीं था कि उसने बेफिक्र होकर कुछ अनचाहा घटने दिया हो। पर उसे शुबहा तक नहीं हुआ था, जब तक उसने संयोग से लड़की के मोबाइल पर पति के नम्बर से 'मिस्ड कॉल' नहीं देख लिया। फिर तो उसे कई छोटी-छोटी बातें याद आईं। लड़की का हर दोपहर सज-धज के अपने 'पिता' से मिलने जाना। उसका हर शाम कुछ इतराकर हँसना। अहिल्या ने लड़की को नया मोबाइल दिलाकर और बहुत समझा-बुझाकर छोड़ा था। उसके पिता को बता देने और पुलिस की धमकी भी दी थी। अहिल्या पति से कहती है—"लड़की का बाप आकर उसे ले गया। किसी तरह माना नहीं। कहने लगा इसकी शादी तय हो गई है।"

औरतें झूठ बोलती हैं, जीवन जैसे चल रहा है, वैसे चलते रहने देने के लिए। दूसरों को दुख देने से बचने के लिए। कहानियों में भी। जीवन में भी। घर में बैठकर कहानियाँ लिखना एक बात है, किसी खूनी, चोर, पागल, नक्सली, पुलिसमैन या किसी अनजान आदमी से मिलने की क्या जरूरत है? ऐसी कहानी लिखने की ही क्या जरूरत है? लिखने-पढ़नेवालों की दुनिया में भी ऐसे लोगों की कमी नहीं जो पूछते हैं कि वह एक स्त्री होकर ऐसी कहानियाँ कैसे लिख लेती है? ऐसे लोगों की भी कमी नहीं जो कहते हैं कि वह स्त्री होकर स्त्री की तरह क्यों नहीं लिखती?

प्रमित सान्याल से बात चल पड़ी थी। यानी कि ई-मेल पर बात। यह भी तय हुआ था कि एक दिन फोन करके लम्बी बातचीत की जाएगी। अलबत्ता वह दिन कभी आया नहीं। गाथा ने टिकट बुक करवा कर बस परसों फोन किया था। दो मिनट की बातचीत में एक सभ्य, शालीन, अंग्रेजीदां किस्म के आदमी ने कहा था—"लुकिंग फॉरवर्ड टु मीट यू"।

"हाँ, मैं भी आपसे मिलने का बहुत इन्तज़ार कर रही हूँ"—गाथा ने कुछ हिचकते हुए जवाब दिया था। इस बीच उसने फेसबुक पर जाकर प्रमित सान्याल और उसके दोस्तों की तस्वीरें देख ली थीं। बच्चा-सा है। लगभग उसके बेटे की उम्र का। पर बातों में जैसे अन्तसयाना या अतिसयाना।

"इस सदी ने आदमी से उसके आदमी होने का हक़ ही छीन लिया है। टी.वी.-अखबारों की आधी सच्ची, अधपकी, गैरजरूरी और बचकानी खबरें ही क्यों, तुम देखो, तो शहरों की गुत्थमगुत्था भीड़ में, टेक्नोलॉजी को अपने आँख-कान बेचकर आदमी कैसे कीड़े-मकोड़े की तरह जी रहा है। तुम्हारे सोच में तुम्हारा अपना क्या है? तुम्हारा चेहरा, तुम्हारे कपड़े, तुम्हारा खाना, तुम्हारी धार्मिकता या अधार्मिकता, तुम्हारा वोट—कुछ भी तुम्हारा नहीं है। तुम खाली एक खोल हो आदमी का। तुम्हारे अन्दर भूसा भर दिया गया है।"

"प्रमित, इंसान को इंसान बनने से या बने रहने से कोई रोक नहीं सकता। तुम्हारी बातों में बहुत सारा सच होगा, पर वही पूरा सच तो नहीं है। इतनी निराशा और वह भी इस उम्र में? तुम्हारे माँ-बाप कहाँ हैं? अपने बचपन के बारे में बताओ न। तुम रहते कहाँ हो?"

कोई एयरपोर्ट के अन्दर घुसा। गाथा ने उम्मीद से उसकी तरफ देखा। यह तो

कोई पचासेक साल का आदमी है। कहीं यही प्रमित सान्याल तो नहीं? कितना आसान है कम्प्यूटर-लैपटॉप के पीछे अपना नाम, उम्र, अपना पूरा वजूद बदलकर कुछ और बन जाना। यह कुछ 'सिजोफ्रेनिया' के शिकार लोगों का नया खेल भी हो सकता है। गाथा के दिल की धड़कन कुछ बढ़ गई। आखिर वह एक औरत है। एक आसान शिकार। अपनी सारी आजादी के बावजूद। बदले हुए समय और समाज के बावजूद। तमाम उम्र के अनुभव और चेहरे पर उभर आई लकीरों के बावजूद। अपनी पहचान के बावजूद कि वह एक लेखक है।

वह आदमी उसकी तरफ आने के बजाय एयरपोर्ट के किसी काउंटर की तरफ बढ़ गया था। गाथा ने सुना कि हवाईजहाज में भूल से उसने अपना मोबाइल सामने की सीट के पॉकेट में छोड़ दिया है। गाथा को याद आ गया कि यह आदमी उसे सुबह-सुबह हवाईजहाज में चढ़ते समय दिखा था।

क्या प्रमित सान्याल ने अपना फोन सुबह-सुबह कमोड में गिराकर बेकार कर लिया है? उफ़! यह क्या सोच रही है वह! शायद उसका फोन यों ही अचानक खराब हो गया है और वह गाथा को खबर नहीं कर पा रहा क्योंकि आजकल फोन में ही सारे नम्बर रहते हैं। पर ऐसा होता तो भी वह एयरपोर्ट पहुँच सकता था। कहीं प्रमित सान्याल ने कल ज्यादा शराब तो नहीं पी ली और वह दोपहर के पहले उठेगा ही नहीं? आज की युवा पीढ़ी की सुबह कब होती है, यह निर्भर करता है कि उन्हें कितने बजे किसी जरूरी काम पर जाना है। गाथा को मालूम है कि कई लोग रविवार को दोपहर में दो बजे सोकर उठते हैं।

या फिर प्रमित सान्याल ने उसे यहाँ बुलाकर उसी तरह का मजाक किया है जैसा वह ई-मेल में करता आया है!

"**मेरे** माँ-बाप, बचपन के बारे में क्यों जानना चाहती हो गाथा? कहीं तुम मुझ पर कोई कहानी या उपन्यास लिखने की योजना तो नहीं बना रहीं? मुझे मेरी सभी माँएँ बहुत प्यार करती थीं। जर्मन माँ, बंगाली माँ और ट्राइबल यानी आदिवासी माँ। तुम्हें कौन सी माँ के बारे में बताऊँ? हाँ, सात साल की उम्र में

मुझे अनाथ कर जाने के पहले मेरे पिता ने मुझे हर तरह की माँ ला दी थी। वैसे ही जैसे छोटी लड़कियों के पास रशियन, जर्मन, इंडियन, ट्राइबल—तरह-तरह की गुड़ियाँ होती हैं न?''

गाथा का मन बेचैन हो आया। बेचारा अनाथ बच्चा। इस तरह के दिलफेंक पिता ने उसकी सात साल तक भी क्या परवरिश की होगी? एक गोद से दूसरी गोद में फेंका जाता रहा होगा। यह तो जाहिर है कि जर्मन माँ छोड़-छाड़कर चली गई होगी। बाकी माँओं में किसने उसे अपना बच्चा समझा होगा? पर यह बात तो उससे पूछी नहीं जा सकती।

''तुम्हें मेरी बातों से लगता है कि मैं बहुत दिलचस्प कहानियाँ गढ़ लेता हूँ? हाँ, यह भी एक कहानी ही है कि मुझे सभी माँएँ प्यार करती थीं। असल में तो मुझे लगता है कि मैं सबके लिए एक बड़ी आफत था। छोटा बच्चा बहुत बड़ी मुसीबत होता है। नहीं? तुम एक माँ हो, तुम तो जानती ही होगी। पर इन सब माँओं से मुझे यह तो सबक मिला कि मैं किसी एक देश का नागरिक नहीं बन सकता। मुझे विरासत में सारी दुनिया का प्रेम जो मिला है। देखो गाथा, मैं बहुत मजाकिया किस्म का प्राणी हूँ। मेरी किसी बात पर विश्वास मत कर लेना।''

अचानक सेना के दो छोटे मिग विमान छोटे-से एयरपोर्ट की बिना मंजिल की कॉटेजनुमा इमारत को बुरी तरह थर्राकर आकाश में उड़ गए हैं। यह इलाका मिलिटरी का कैन्टोंमेंट है। गाथा को भी अन्दर तक हिलाती हुई यह आवाज मानो नींद से जगा देती है। जैसे उसने अपने को चुटकी काटकर देखा हो कि कहीं वह कोई सपना तो नहीं देख रही। वाकई वह क्या कर रही है इस तरह अकेली बैठी? जाग्रत, स्वप्न और नींद—तीनों में जैसे कोई अन्तर ही नहीं रहा। कहीं सपनों को बुनते-बुनते यथार्थ की जमीन ही न छूट जाय। गाथा को पता है कि उसके आस-पास की दुनिया में एक मुकम्मल, निर्धारित जिन्दगी जीते लोग उसके इस तरह प्रमित सान्याल से मिलने आने को सनकीपन या पागलपन से हटकर कुछ और नहीं मानेंगे। ज़िन्दगी को और ज्यादा जानने की ज़िद का

यही दूसरा नाम है।

और यह प्रमित सान्याल क्या बला है? वह कोई है भी या नहीं? उसने भी क्या सेना के इन विमानों को इस तरह दिल, दिमाग, हाथ, पाँव, कान कँपाकर उड़ जाते सुना होगा? या वह इस आवाज को सुनने का आदी होगा? उसने कहा था—"हमारी शताब्दी एक आत्मघाती शताब्दी है। इसका सबसे बड़ा प्रमाण तो देश की सुरक्षा के नाम पर ख़रीदे जानेवाले बम, जहाज, टैंक, विमान और बन्दूकें हैं। कौन सा देश? ग्लोब पर लाइन खींच दी और देश बन गया? तुम जब मलयालम या नागा भाषा में बोला गया एक वाक्य नहीं समझतीं गाथा, तब बताओ, तुम्हारा और उनका देश एक कैसे है? पागलपन और नॉर्मल होने के बीच की लाइन तुमने कभी देखी है?"

गाथा उठकर छोटे से एयरपोर्ट में टहलने लगी है। वह कैमरे के फ़ोकस से बार-बार अन्दर-बाहर हो रही है।

चलते चलते गाथा को आभास होता है कि वह एक त्रिकोण में चल रही है। उसे बाबूजी यानी अपने पति के पिता का ख़याल आता है। उन्होंने पिछले बीस सालों में धीरे-धीरे घर से बाहर निकलना और सुबह की सैर तक करना छोड़ दिया है।

"तुम्हें पता है प्रमित, बाबूजी यानी मेरे ससुर अपने कमरे, हॉल में एक कुर्सी और रसोई के बीच के त्रिकोण में ही घूमते रहते हैं।"

"तो क्या? महर्षि अरविन्द पांडिचेरी में चालीस साल एक कमरे में रहे। वैसे तुम्हें क्या लगता है हम सब किसी न किसी त्रिकोण में ही नहीं घूमते रहते हैं?"

"कल मुझे डाइनिंग-टेबुल पर मग्न होकर सादे पन्ने पर कुछ लिखते देख वे रुक गए थे। फिर वे आगे बढ़कर बरामदे में खड़े हो गए, जो त्रिकोण के बाहर है और कहा, देखो गाथा, लगता है यहाँ रात को कोई जानवर आया था। मैंने ध्यान टूटने पर अनमने होते हुए कागज से सिर उठाकर देखा कि बाहरी बरामदे

के कोने में चप्पल के बड़े-बड़े आधे पैर के निशान हैं। इसका मतलब है कि बाबूजी पहले भी त्रिकोण के बाहर निकलकर बरामदे के पीछे की मिट्टी की तरफ गए थे। बाबूजी के पैर काफी बड़े हैं। मैंने कहा, लगता है रॉयल बंगाल टाइगर आया होगा। बाबूजी हल्के से हँसे और कहा—कोई कहानी लिख रही हो?''

''उन्हें पसन्द है तुम्हारा लिखना?''

''मेरे लिखने को उन्होंने कुछ शुरुआती हैरानी के बाद उसी तरह स्वीकार कर लिया है जैसे अपने पेट के जब-तब खराब होकर दर्द करने या पतला पाखाना होने को। लेकिन कुछ पढ़ते हैं तो अच्छी बातें कहते हैं।''

''यानी जो तुम्हें अच्छी लगें?''

गाथा कैमरे के फ़ुल फ़ोकस में उसी कुर्सी पर आकर बैठ जाती है। समय के साथ रिश्तों के अन्दर के रिश्तों का खेल बिलकुल उलट जाता है। बीस साल की उम्र में जब वह शादी करके घर में सबसे बड़ी बहू बनकर आई थी, क्या ऐसा कर सकती थी कि अपने कमरे के बाहर कुछ करते हुए बाबूजी को देखकर अपना काम छोड़कर खड़ी न हो जाए?

''**तुम** बार-बार पूछती हो गाथा कि मैं कहाँ रहता हूँ? सच कहूँ तो मुझे खुद नहीं पता। कभी सिलीगुड़ी, कभी रायपुर, कभी बेंगलुरु, कभी कलकत्ता। सबसे अच्छा मुझे खंडहरों में रहना लगता है। जानता हूँ कि तुम फिर कहोगी कि मैं रहस्य बुन रहा हूँ। लेकिन मेरे पिता का मकान एक खंडहर ही है। स्मृतियों का, सपनों का, बहुत सी बीती बातों का, जिनके बारे में मुझे ठीक से कुछ पता तक नहीं है। मैं चाहूँ तो पता कर सकता हूँ। पर लगता है जाने दूँ। जाने कौन-सा भूत निकलकर मेरे सिर पर सवार हो जाए। इसलिए मैं इस बड़े से घर में एक कोने में दुबककर रहता हूँ। मैंने किसी चीज की जगह बदलने या उसे हाथ में उठाकर देखने तक की कोशिश नहीं की है।''

''बिलकुल अकेले रहते हो?''

''तुम तो बहुत सारी चहल-पहल के बीच रहती हो। लिखती कैसे हो इस भीड़ में? क्या तुम्हारे पति को पता है कि वह जब चाहे, तुम्हें बुला नहीं सकता? या जिसका जब मन होता है तुम और तुम्हारे शब्दों के बीच चला आता है? तुम्हारे विचारों में ताक-झाँक कर जानने की कोशिश करता है कि तुम क्या सोच रही हो?''

''हाँ, ऐसा भी होता है। अक्सर होता है।''

''मुझे जेल में रहना बहुत बुरा लगता है। जब तुम्हारा अपने दिन, अपने काम, अपनी नींद पर कोई अधिकार न हो, तो उसे जेल कहते हैं।''

''फिर तो इस दुनिया का हर शख़्स जेल में ही है। वैसे तुम कैसे लेखक हो?''

''लेखक तो मैं हूँ। कौन नहीं है? जेल का कैदी भी नाख़ून से पत्थर पर कुछ लिखता है। तुमने नहीं देखा होगा? तुम्हारा जेल में जाने का काम पड़ा है? मजाक कर रहा हूँ, बुरा मत मानना। मुझे यकीन नहीं है कि कोई हिन्दुस्तानी नेता तो क्या, हिन्दुस्तानी लेखक भी अपना मजाक बनाता होगा या मजाक बनना पसन्द करता होगा। इसीलिए मैं अपना लिखा कभी छपवाना नहीं चाहूँगा। जिन्हें पसन्द होगा मेरा लिखा, वे भले यह काम करें।''

गाथा थक गई है। अब तो पचास मिनट हो गए कैमरे को उसे इन्तज़ार करते देखते हुए। वह अपने पर्स से कोई नोटबुक निकालकर कुछ लिखने की शायद सोच रही है। पर पेन खोलकर वापस ढक्कन बन्द कर देती है।

अचानक गाथा के मन में खंडहर और जेल वाली बातें घूमने लगी थीं। उसे प्रमित सान्याल की हर बात अब तक एक 'मेटाफर' लगती थी। लेकिन क्या वह सचमुच कभी जेल गया था? और गया था तो किस अपराध की सजा काटने? कहीं वह कोई 'ड्रग-एडिक्ट' यानी चरस, गाँजा लेनेवाला नौजवान तो नहीं? गाथा को पता है कि उन्हीं के परिवार का एक लड़का इसी चक्कर में जेल में दो साल से

पड़ा है। जिस अनाथ बच्चे ने प्रमित सान्याल जैसा दिमाग पाया हो, वह अपने-आप से, अपनी बेचैनी से छुटकारा पाने के लिए किसी नशीली चीज़ में मुक्ति खोजे, तो क्या आश्चर्य? इधर पहाड़ों में तो शायद ऐसा चलन भी रहा है। कलकत्ते में ही नई पीढ़ी के अधिकतर बच्चों का कॉलेज पार करते-करते एकाध बार इसका अनुभव कर लेना कोई बड़ी बात नहीं रही।

"नहीं, मैं अब कलकत्ते कभी नहीं आऊँगा। तुम्हारे हावड़ा स्टेशन पर एक पुलिसवाले ने मुझे बेवजह पकड़ लिया था। मेरा पासपोर्ट माँग रहा था। कई बार मुझे लगता है मैं जर्मनी में जा बसूँ। कम-से-कम मुझे इस तरह के सवालों का जवाब तो नहीं देना पड़ेगा कि तुम्हारी चमड़ी जब ऐसी लाल है, तो तुम्हारे बाल ऐसे काले क्यों हैं? तुम्हारे शहर के पुलिसवाले को दिक्कतें और भी थीं। अगर मैं विदेशी नहीं हूँ, तो मैं हिन्दी या बांग्ला या कोई भी भारतीय भाषा एकदम ठीकठाक क्यों नहीं बोल सकता? कोई कैसे समझाए कि जो है वह इसलिए है कि ऐसा भी हो सकता है।"

गाथा के मन से अविश्वास झर जाता है। नहीं, प्रमित सान्याल की बातें झूठ नहीं हो सकतीं। उनके बीच एक विश्वास का धागा बँधा है। विश्वास का ही नहीं। वह उसके लिए चिन्ता करती है। कोई किसी को अपने दिल की ऐसी तकलीफ़ बता पाता है तो वह रिश्ता ख़ास बन जाता है। गाथा को मालूम है कि प्रमित अपने बन्धु को झूठ नहीं लिख सकता।

⬆

आओ बन्धु,

मैं जानता हूँ तुमने जीवन को जाना है
आओ, मैं इस सूने कमरे में बैठा हूँ
जिसकी दीवारों ने रोना सुना है
तमाम शब्दों के सच्चे अर्थ के लिए
उनके पीछे छुपे फलसफे के लिए।
आओ बन्धु,

तुम्हारी यात्राओं ने तुम्हें थका दिया होगा
तमाम झगड़ों और अकेलेपन से दूर
हम खुशी से तुतलाते बातें करेंगे
सिर्फ गुब्बारों की
जो हमें चाँद तक ले जाएँगे।

गाथा ने पूछा था, ''यह कविता क्या मेरे लिए लिखी गई है?''

''हाँ, बिलकुल। सिर्फ तुम्हारे लिए।''

''वाह! किसी ने आजतक मेरे लिए कविता नहीं लिखी।''

''तुम्हें परेशानी तो नहीं है न? हम गुब्बारे में बैठकर चाँद तक जाएँगे।''

गाथा एक मिनट रुककर सोचती है। इंटरनेट की हवाई तरंगों के परे जाने कौन क्या कह रहा हो और कौन क्या समझ रहा हो।

''मुझे परेशानी क्यों होगी? मैं तुम्हारी माँ की उम्र की हूँ।''

''ओह हाँ। लेकिन कोई अपनी माँ के साथ चाँद पर जाना चाहेगा? चलो कोई बात नहीं। बेटा भी तो यह ऐसा है जिसे रोने पर माँ का दूध नहीं दिया गया। चावल की बीयर दी गई। वह बचपन में ही बूढ़ा हो गया।''

गाथा के अन्दर बैठा माँ का दिल सुगबुगाता है। वह चुपचाप बैठी सोचती है।

''गाथा, मुझे मालूम है कि तुम मेरी बातों से परेशान हो जाती हो।''

''मेरे बच्चे कहते हैं कि मुझे दूसरों की माँ बनने का बहुत शौक है। बस अपने बच्चों की ठीक-ठाक माँ बनना मेरे लिए मुश्किल काम है। सच कहूँ तो मैं माँ बनते-बनते थक गई हूँ। मुझे खुद हमेशा माँ की जरूरत महसूस होती है, इसलिए मैं कभी अपनी बेटी, कभी अपनी बहन, तो कभी अपनी भाभी, कभी अपनी सास में माँ खोजती रहती हूँ।''

''और तुम्हारी माँ?''

''मर गई। लेकिन बहुत दिनों बाद वह मेरी माँ बनी थी। पहले मेरी ताई और मेरी दादी मेरी माँ थीं। मेरी माँ मुझे तभी माँ लगी, जब इक्कीस साल की उम्र में मैं खुद माँ बन गई।''

''**माँ** मुझे हमेशा कहती रहती, इतना मत पढ़ो। आँखें खराब हो जाएँगी। मैं माँ से नाराज़ होकर कहती—मैं ग़लत घर में पैदा हो गई। किसी बंगाली घर में पैदा होती, तो ठीक रहता। खाना बनते ही मैं कोई-न-कोई किताब लेकर डाइनिंग टेबुल पर सबसे पहले खाने पहुँच जाती। पढ़ते-पढ़ते बिना देखे खाती। माँ कहती—औरतों को घर में सबसे पहले खाना नहीं खाना चाहिए। मैं कॉलेज में थी, तो आए दिन कहती, खाना बनाना सीख लो। इन किताबों से ज्यादा वही काम आएगा।''

''तो माँ की बात सही निकली या ग़लत?''

''सही भी और गलत भी। शादी तो मेरे लिए ऐसे थी जैसे मुझे किसी दूसरे ग्रह में फेंक दिया गया हो। किताबों के बाहर की अजनबी दुनिया। जब देखा कि खाना बनाना नहीं आने से बहुत परेशानी हो रही है, तब लगा माँ की बात सुन लेती, तो अच्छा होता। माँ सब कुछ बनाना जानती थी। टी.वी. से नए-नए आइटम बनाना सीखती रहती। पर मैंने कुछ बनाया भी, तो वह सही नहीं बना। पता नहीं क्यों? शायद मेरी दादी की सबसे छिपकर कही गई बात मेरे अन्दर नस-नस में समा गई थी। दादी ने कहा था, खाना बनाने में क्या है, वह तो हर औरत बना लेती है। तुम्हें ईश्वर ने कुछ और करने के लिए बनाया है।''

''अच्छा! तुम्हारी दादी तुम्हारी माँ से अलग हटकर सोचती थी?''

''बिलकुल। मेरी एक थ्योरी है। देश की आजादी के चालीस साल पहले तक जो लोग पैदा हो गए थे, वे ज्यादा खुले दिमाग के थे। और तुम्हारी दादी?''

''गाथा, मुझे नहीं मालूम कि तुम बार-बार मुझे क्यों उन बातों की ओर ले जाना

चाहती हो,जिन्हें मैं भूलना चाहता हूँ। मुझे तुम क्यों अँधेरे की तरफ खींचना चाहती हो ? मेरे पिता चाय बागान में मैनेजर थे। पिता और दूसरी माँ उन दिनों फैली किसी बीमारी—शायद ब्रेन मलेरिया—से मर गए थे। मैं भी अस्पताल में था। बहुत मुश्किल से बचा था। मुझे क़रीब एक महीने बाद पता चला था कि मैं इस भरी दुनिया में अकेला छोड़ दिया गया हूँ। रोते-रोते मैं रोना भूल गया था। यह तो कोई ऐसी कहानी भी नहीं, जिसे तुम लिख सको। दुनिया में बहुत से बच्चों के माँ-बाप गुज़र जाते हैं।''

''**कल** रात ने मुझे एक बात कही। असल में मैं ख़ुद को तुम्हारी नज़रों से देख रहा था। गाथा, बचपन तो कैसा भी हो, गुजर जाता है। रोकर, हँसकर या छोटे-छोटे सुख या दुख में सुखी-दुखी होते। असल में तो हम जो भी होते हैं अपने माँ-बाप के गुणों-अवगुणों, आँख-कान-नाक-रंग के मिश्रण से बने, उसे पार करके हम जो खुद अपने-आप बनते हैं, वही ख़ास बात है। तुमने अब तक पूछा ही नहीं कि मैंने क्या पढ़ाई की और मैं क्या करता हूँ ?''

''तुम एक लेखक हो, कविताएँ-कहानियाँ लिखते हो, जिन्हें छपवाने का कोई इरादा नहीं रखते। क्या इतना काफी नहीं है ?''

''तुम नाटक कर रही हो। असल में तुम जानना चाहती हो इस बारे में।''

''चाहती तो हूँ।''

''हा हा ! तो सुनो, मैंने काला जादू पढ़ा है। काले जादू के बारे में कुछ जानती हो ?''

गाथा सोचती है कि क्या इस शख़्स के साथ उसे ई-मेल जारी रखना चाहिए ? पता नहीं यह किस तरह का आदमी हो ? पढ़ा-लिखा पागल या क्रिमिनल-खूनी, चोर, डाकू भी तो हो सकता है। क्या जाने कोई खतरनाक किस्म का आदमी हो !

''नहीं समझी न ? मजाक कर रहा हूँ। मैं साहित्य को काला जादू कहता हूँ। यह

काला जादू जब जीवन को अपनी गिरफ्त में ले लेता है, तो हम जीवन को जीते नहीं, दूर से देखते हैं। तब हम अपनी सारी परेशानियों के पार चले जाते हैं। मानती हो या नहीं, इस बात को?''

''इस बात को कौन नहीं मानेगा? हालाँकि मेरे जीवन में एक ऐसा समय था जब मैंने दुख की अतल गहराई में अपने को पाकर सोचा था कि सब खत्म हो गया। अब न लिखना होगा, न पढ़ना।''

''लेकिन फिर?''

''लेकिन मेरा सोचना गलत निकला। नहीं तो हम-तुम यहाँ बात नहीं कर रहे होते। क्या तुम पूछोगे नहीं कि मेरे जीवन में ऐसा क्या गुजरा?''

''नहीं। मैं नहीं जानना चाहता।''

''**जानती** हो गाथा, मैं हर दूसरे-तीसरे सप्ताह दार्जिलिंग के मॉल रोड पर या वहाँ के किसी रेस्तराँ में बैठने चला जाता हूँ। वहाँ बैठकर तरह-तरह की भाषा बोलनेवाले सैलानियों को देखता और सुनता हूँ। अक्सर किसी भाषा को समझ नहीं पाता। तब लोगों की हँसी की भाषा को समझने की चेष्टा करता हूँ कि वे किस बात पर हँस रहे होंगे। दुनिया में कितनी तरह के लोग हैं। कितनी तरह की भाषाएँ हैं। लोगों के हाव-भाव भी उनकी भाषा की तरह अलग-अलग होते हैं। गोरे लोग हाथ हिला-हिलाकर बातें करते हैं। चीनी-मंगोल लोग अपनी आँख-भौंह ज्यादा हिलाते हैं। हिन्दुस्तानी लोग सिर्फ गुस्सा होने पर अपना चेहरा और हाथ हिलाते हुए बात करते हैं। कभी कोई जर्मन भाषा वाला मिल जाता है, तो मैं उससे बात कर अपनी जर्मन प्रैक्टिस कर लेता हूँ।''

''ओह, तो तुमने अपनी मातृभाषा सीख ली है?''

''हाँ। वैसे मैं नस्ल के तौर पर अभिशप्त हूँ। यहाँ पर लोग मुझे विदेशी समझते हैं क्योंकि मेरी चमड़ी का रंग पूरी तरह हिन्दुस्तानी नहीं है, पर वहाँ रहूँगा तब भी अपने काले-से बालों के कारण और कुछ अलग रंग के कारण वहाँ का नहीं

लगूँगा। मेरे माँ-बाप ने अपने प्रेम के उफान में कभी इस बारे में सोचा नहीं होगा। पर मुझे सोचना पड़ता है। हर मिश्रित नस्ल के बच्चे को दुनिया में अपनी जगह खोजनी पड़ती है।''

''तुम्हारी आँखों का रंग क्या है?''

''कहीं तुम कलकत्ता के उन पुलिसवालों के साथ तो काम नहीं करतीं, जो किसी तरह मुझे इंडियन मानने को तैयार नहीं थे?''

''**तुम** कविताएँ लिखना पसन्द करते हो प्रमित, और मैं कहानी-उपन्यास। मुझे लगता है कि अक्सर कविता एक तरह से शब्दों का खेल जैसी होती है। वह बनते-बनते बन जाती है। वह सच को आसानी से छुपा सकती है या सच्ची दिखने का नाटक कर सकती है।''

''मैं गद्य लिखता नहीं। मैं उसमें जीता हूँ। दरअसल जीवन गद्य की इबारतों में, उसी की लिपि में लिखा हुआ है। किन्तु हम अपने पंख सिर्फ कविता में फैला सकते हैं—वे डैने, वे पंख जो हमें प्रकृति ने दिए नहीं थे। सपनों की लिपि कविता है।''

''हाँ, सपने! सपने ही तो सबसे बड़ा डर थे जिन्हें हम लड़कियों को देखने से रोकने की कोशिश में हमारे माँ-बाप ने क्या, पूरी आसपास की दुनिया ने दम लगा रखा था। अब मुझे समझ में आता है कि मेरी माँ मुझे किताबों में जीवन जीते देख क्यों डरती थी। मेरे पापा जो अपनी तरह से एक आधुनिक व्यक्ति थे, मुझे मिशनरी कॉलेज भेजते वक्त क्यों घबराए थे। जाने किन बंगाली, पंजाबी, एंग्लो-इंडियन लड़कियों की तरह मैं सपने देखना सीख जाऊँ और किसी मारवाड़ी परिवार में 'एडजस्ट' करना मेरे लिए मुश्किल हो जाय। या उनलोगों के लिए मुझे रखना मुश्किल हो जाय। शायद तुम्हें इन बातों को समझने में दिक्कत हो।''

''नहीं, उतनी दिक्कत भी नहीं। सिलीगुड़ी, रायपुर, बेंगलुरु—मारवाड़ी कहाँ

नहीं हैं?"

"ओह! तो तुम भी बाक़ी लोगों की तरह बिना जाने मान लेते हो कि किसी जाति या समूह के सारे लोग एक जैसे होते हैं?"

"अरे! इस देश में सारे लोग ही एक जैसे सोचते हैं! फ़र्क़ बस डिग्री का होता है।"

कैमरा गाथा को लम्बे समय तक बिना हिले-डुले गहरे सोच में डूबे देख रहा है। इस सीट पर न पात्र बदल रहा है और न कोई ख़ास हरकत हो रही है। अचानक एक छोटा सा बिल्ली का बच्चा कहीं से मिमियाता गाथा के पाँव के पास आ गया है। वह चौंककर उसे झुककर सहलाती है।

गाथा के मन में अब लगभग यकीन हो चला है कि प्रमित सान्याल एयरपोर्ट नहीं आएगा। शायद यह ऐसे ही होना था। सपनों के पीछे या पात्रों के पीछे भागने से न जीवन चल सकता है और न कोई रचना लिखी जा सकती है। रचना तो अपने ही जीवन के आस-पास की मामूलियत में छिपी रहती है। वहाँ, जहाँ पता तक न चले कि कोई कहानी रहती है। यह पात्र, जिसके बारे में पता करने वह इतनी दूर चल कर आई है, गाथा का पात्र न होकर शायद निर्मल वर्मा की कहानियों का पात्र है। शायद यही गाथा के लिए उसका आकर्षण है। गाथा अपने पात्रों के मामूली जीवन और उनके रहस्यहीन होने से उकता गई है। वह उनकी कविताहीनता से परेशान है। उसके पात्र कभी सपनों के डैने फैलाकर उड़ नहीं जाते। वे बाबूजी की तरह त्रिकोण में घूमते रहते हैं, अपने खाने, पेट साफ़ होने और फिर खाने की योजना बनाते हुए।

गाथा के हाथ में फोन बज उठा। गाथा ने हड़बड़ाकर बिल्ली से नज़र हटाकर फ़ोन की तरफ देखा। नहीं, प्रमित नहीं है। उसके पति हैं। "तुम ज्यादा कॉफ़ी मत पी लेना। बाहर जाती हो तो अंट-शंट खा लेती हो। गेस्ट-हाउस में अच्छा न लगे, तो बम्बई वाले मेरे दोस्त का ससुराल वहीं है। तुम कहोगी, तो बात कर

लूँगा। उनके घर रहोगी, तो खाने-पीने का आराम रहेगा।''

''तुम भी ना! मैं कोई छोटी बच्ची हूँ, जो इतना सोचते हो। क्या खाऊँगी, क्या नहीं खाऊँगी। सब तुम ही सोच लो।''

''तुम्हारी आवाज ऐसी क्यों है? कुछ तो परेशानी है, जो तुम मुझे बता नहीं रहीं। वहाँ तुम्हें अच्छा नहीं लग रहा हो, तो कह दो मेरी माँ की तबियत अचानक खराब हो गई है और शाम की फ्लाइट से लौट आओ।''

कैमरे को गाथा के चेहरे पर एक सुकून-भरी मुस्कराहट पहली बार दिखी है। वह अपने पर्स से एक छोटा सा कंघा निकाल अपने खुले बालों में फेर वापस रख देती है और फिर कुछ सोचकर हलके से हँसती है।

पति-पत्नी के रिश्ते क्या किसी कहानी में ऐसे होते हैं? गाथा से पूछा जाता है, क्या आपको लेखक बनने में कोई संघर्ष नहीं करना पड़ा? लोग संघर्ष की कथा सुनना चाहते हैं। पीछे की दीवार पर गहरा काला रंग पोतने से फोकस में खड़ा व्यक्ति उभरकर आता है। पर गाथा के पास ऐसी कोई कहानी नहीं है। उसका वजूद अपने बैकग्राउंड में एकदम घुला हुआ है। उसे लेखक बनाने या बने रहने देने में लोगों ने अपने को घिसकर छोटा कर लिया है कि कहीं वे उसके लिए रोड़ा न बन जाएँ।

''जानते हो प्रमित, मैं आधी रात को या सुबह होने के पहले बत्ती जलाकर जब-तब लिखने बैठ जाती हूँ और मेरे पति एक तकिए को अपनी आँखों पर रख करवट बदलकर सो जाते हैं। पूछती हूँ, मैं बाहर बैठकर लिख लूँ? वे कहते हैं, नहीं-नहीं, मुझे कोई फर्क नहीं पड़ता। तुम यहीं लिखो। मेरे किस्सों की औरतें शायद इसीलिए ऐसी हैं।''

''यानी कि वे न साफ़-साफ़ शोषित हैं न साफ़-साफ़ विद्रोह करती हैं।''

''अलबत्ता उनमें से कुछ एकदम चुप रहती हैं। पर कहानी के ऐसे पात्र क्या जीवन से दूर हैं? मैंने अपनी माँ को ऐसे ही रहते देखा था। माँ जलेबियाँ बनाती,

पर आग्रह करके खिलाते पिता। माँ चिन्ता करती पर इजहार करते पिता। मरने के बाद भी माँ पिता की तस्वीर के पीछे से छिपकर झाँकती है। पर यह तो किस्सा पिछली पीढ़ी का था। अगले किस्सों में भी इंजीनियरिंग पढ़ी हुई पत्नी घरेलू औरत रहकर जीवन काट देती है। पाठक आपत्ति करते हैं। वह औरत क्यों अपना वजूद उभरने नहीं देती? वह कोई कमजोर औरत नहीं है। उसमें अपने पति से ज्यादा नैतिक बल है। गलत को गलत कहने का साहस है। तब वह अपने पति के व्यक्तित्व में घुलकर अपना अस्तित्व खोकर क्यों जीती है? कैसे समझाऊँ कि ऐसा भी सचमुच होता है। किसी का प्रेम उसकी मजबूरी नहीं हो सकता?''

''पर कथाएँ और भी तो हैं!''

''हाँ बिलकुल। मेरी एक पढ़ी-लिखी तेजतर्रार सहेली है। वह कहती है, पिछले तीस सालों से मेरा पति एक छेनी-हथौड़ी लिये रोज मेरे वजूद का एक हिस्सा तोड़ता है। मुझे बेवक़ूफ़ साबित करना उसका प्रिय शग़ल है। वह कहती है आधुनिकता हमारे समाज को बदल नहीं पाई है बल्कि उसे बदलने का भ्रम दे रही है।''

''तो तुम कहना चाहती हो गाथा कि तुम आजादी के भ्रम की कहानियाँ बना नहीं पाती? कोई झाँसी की रानी नहीं तुम्हारी कहानियों में?''

''असल में तो पुरुष भी उतने ही बन्धन में है। अपने स्वामी होने के अहंकार में। संवेदनशील न हो पाने की जड़ता में। इसीलिए तो औरत आजाद नहीं हो पाती।''

''तो गाथा, तुम कहना चाहती हो कि सबको तुम्हारे जैसा पति नहीं मिलता।''

''**प्रमित,** मैं तुम्हें अपनी नई कहानी का प्लाट बताना चाहती हूँ।''

''क्यों नहीं? बताओ।''

''अमित कुमार एक पढ़ा-लिखा, देखने में सुदर्शन, अच्छे परिवार का और कायदे की नौकरी में लगा हुआ शख्स है। उसकी पत्नी का भी लगभग इन्हीं शब्दों या जुमलों में वर्णन किया जा सकता है। उनके दो छोटे-छोटे बच्चे भी हैं। यानी एक सुखी परिवार का कथानक मौजूद है।''

''गाथा, तुम्हें नहीं लगता कि यह काफी उबाऊ कहानी होगी? हिन्दुस्तान का सारा नौकरीपेशा मध्यवर्ग ऐसा ही तो है।''

''सुनो तो प्रमित! एक रात तीन बजे दिवाली के दिन की बात है कि उनकी घंटी बजती है। वे लोग पटाखे चलाकर बस लौटे ही हैं। पड़ोस की एक युवा औरत दरवाजे पर खड़ी है। वे दरवाजा खोलते हैं। वह औरत अमित कुमार की ओर देखकर पूछती है, तुम ठीक तो हो न? वह एक अजनबी औरत के इतनी रात पूछे गए इस बेमतलब के प्रश्न पर भौचक असमंजस में हाँ करता है। वह औरत तुरन्त मुड़कर चली जाती है।

''इसके बाद उसकी पत्नी रात-भर बवाल करती है कि अमित कुमार का उस औरत से कोई चक्कर है। अमित कहता है कि वह उसका नाम तक नहीं जानता, पर पत्नी नहीं मानती। वह रात जीवन में कभी न मिटनेवाला तनाव घोल जाती है।

''फिर तीन साल बाद, एक दिन वही औरत रात को ग्यारह बजे उनके घर की घंटी बजाती है। वे लोग सोए नहीं हैं। घर की महरी दरवाजा खोल देती है। इस बार वह कहती है, कोई ज़बरदस्ती किसी लड़की को बाँहों में भरकर चुम्बन लेने की कोशिश करे, क्या यह सही है? अमित कुमार गुस्से से कहता है, यह क्या बकवास है! तुम हमारे घर आकर यह सब क्यों बोल रही हो? वह कुछ नहीं कहती और पहले की तरह अचानक मुड़ कर चली जाती है।

''पति-पत्नी के रिश्ते टूटने के कगार पर हैं। वह औरत फिर कभी भी आ सकती है, इस डर से अमित कुमार घर बदल लेता है। पर उसकी पत्नी पिछले ग्यारह साल से हर औरत को लेकर शक करती है और उनका जीवन तभी से नर्क है।''

''बुरी नहीं है कहानी। तो तुम क्या अब ग्यारह साल से प्रताड़ित पुरुषों पर लिखनेवाली हो?''

"**तुम** मेरा पता जानना चाहती हो गाथा? अपनी किताब भेजोगी मुझे? अंग्रेजी अनुवाद? ऐसा तो आज तक मेरे साथ नहीं हुआ। किसी लेखक ने आज तक मुझे अपनी किताब नहीं भेजी। पर अगर मैं तुम्हारी किताब न पढ़ूँ तो? अगर मैंने शेक्सपीयर को नहीं पढ़ा होता, तो कौन-सी दुनिया बदल जाती? क्या मेरी आँखों का रंग बदल पाया वह?"

"यदि तुम फिर अपने रंग-रूप-जन्म की आत्मपीड़ा के मुद्दे पर लौटना चाहते हो, तो रुको। जीवन में ख़ुद अपने को जन्म देना होता है। तय करना होता है कि तुम्हें क्या बनना है।"

"मैं क्या बनना चाहता हूँ जीवन में? सवाल तो अच्छा है। पर मैंने कभी अपने से नहीं पूछा। मैं तो हूँ अनादि काल से लोगों को हँसाता आया एक मसखरा। हाँ, हाँ, जोकर। जोकर दूसरों के मनोरंजन के लिए देखती नहीं, कैसे गोल-गोल नाक बना लेता है। कैसी आँखें बना लेता है? उसके कपड़ों का रंग, उसके बाल, उसकी टोपी—सबकुछ दूसरों को हँसाने के लिए हैं। तुमने कभी सोचा है कि सबसे पहले इस धरती पर किसने सोचा होगा कि लोगों को हँसाने के लिए क्या वेश धरा जाय? सिन्धु घाटी, ईजिप्ट, मेसोपोटामिया, अमेज़न—किस काल में, किस देश में, किस सभ्यता में किसने यह परम्परा डाली होगी?

"असल में जोकर क्या बताता होता है, जानती हो? कि वह निरा मूर्ख है। वह दुनिया का सबसे पिटा हुआ इंसान है। उसे कोई भी ठग सकता है। दीवाल की तरफ मुँह कर के बैठा सकता है। वह कोई प्रतिवाद नहीं करेगा। यह सोचकर ही लोग हँस पाते हैं। खुश होकर कि चलो हम तो ऐसे नहीं हैं।

"तुमने महान कथाकार 'सिंगर' की कहानी पढ़ी है—'गिम्पल द फूल'। गिम्पल को सब मूर्ख बना सकते हैं क्योंकि वह सब पर भरोसा कर लेता है। वह जानता है कि उसके माँ-बाप कब्र से निकलकर उसे नहीं खोज रहे, पर वह सोचता है कि नुकसान क्या है अगर वह देख ही ले कि गाँव वाले सच तो नहीं कह रहे? वह अपनी पत्नी को बिस्तर में किसी और मर्द के साथ पकड़ लेता है, पर वह उसे बाहर बकरी को देखने भेज देती है और वापस आने पर कहती है कि सब उसकी कल्पना थी।

"वह जानता है कि सब झूठे हैं। पर वह लोगों की बात फिर भी मान लेता है। मैं भी यही करने की कोशिश कर रहा हूँ जिससे मासूम मूर्खों, बेवकूफ बुद्धिजीवियों और प्रतिष्ठित पागलों की दुनिया में शामिल हो सकूँ।"

गाथा अवाक् है। ऐसी भी कोशिश कोई करता है? यह कोई लक्ष्य है?

भोलापन क्या जीवन का लक्ष्य हो सकता है? बच्चा भोला होता है, उसे कोई भी बहला-फुसला सकता है, इसीलिए तो उसे सुरक्षा में रखा जाता है। कोई आदमी ऐसा निहत्था क्यों होना चाहेगा कि कोई कभी भी उसे चकनाचूर कर दे?

गाथा सोचती है अपनी सास के बारे में। सास यानी सीता माँ। सीता माँ की माँ बचपन में लम्बी बीमारी के बाद मर गई। बहन-भाई पहले ही मर चुके थे। दादी सौतेली थी यानी दादा की दूसरी पत्नी, जो कभी अपनी दादी नहीं बन पाई। शादी हुई तो सास पति की असली माँ नहीं थी। पति गोद आए थे। सीता माँ पन्द्रह साल की उम्र में कठोर परदे और सास के कठोर शासन को झेलने की कहानियाँ ऐसे सुनाती जैसे किसी और के जीवन में यह सब घटा हो।

रसोई और सीता माँ के कमरे के बीच सास-ससुर का कमरा था। रसोई से अपने कमरे में आना हो, तो किसी को साथ लिये बिना सास-ससुर का कमरा पार करना मना था। सीता माँ अपनी छोटी ननदों को कहती रहती, एक घंटे बाद आकर मुझे पार करा देना। 'एक रात मुझे रसोई में ज़मीन पर ही सोना पड़ा क्योंकि सब खा-पीकर जाकर सो गए। रसोई के चौका-बर्तन के बाद मुझे पार कराना भूल गए।' गाथा सोचती है, क्या इसीलिए सीता माँ कन्हैया के आगे अपना प्रिय भजन गाती है—मेरी नैया पार करा देना—और उसके आँसू बहते रहते हैं।

इसी सीता माँ ने गाथा का पहली बार विदेश से लेखकों के सम्मेलन में आमंत्रण आने पर सबसे ज्यादा ख़ुशी जताई। सीता माँ के पति ने कहा—"अकेली कैसे जाएगी?" सीता माँ ने कहा—"क्यों? उसे कोई पार कराएगा, तो जाएगी

क्या? अब क्या वही जमाना रह गया है? औरत को खराब होना हो, तो वह घर में भी हो सकती है। कोई डर नहीं मुझे।''

सीता माँ ने उससे कहा—''गाथा, तुमने मेरे दिल की तमन्ना पूरी कर दी। मैं चाहती थी कि मेरे घर एक पढ़ी-लिखी लड़की बहू बनकर आए। जब तुम्हारी सगाई पक्की हुई, तो लोगों ने कहा, इतनी तेज-तर्रार बहू लाई है सीता। देखना, कान पकड़कर उठ-बैठ कराएगी। तो मैंने सोचा, आधी जिन्दगी सास ने करवाई, अब बहू करा लेगी। मुझे तो आदत है।''

गाथा सीता माँ के चेहरे को देखती है। यह भोलापन उसे जैसा निरस्त्र करता है, वैसे दुनिया की सारी ताकतें मिलकर भी नहीं कर सकती थीं।

गाथा अपनी अँगुली से सूटकेस के ऊपरी हिस्से में एक शब्द बिना स्याही के लिखती है—'भरोसा'। प्रमित सान्याल एक अजनबी है। उस पर भरोसा करना या न करना कोई खास बात नहीं है। यों भी हम ताउम्र पूरी तरह भरोसा करने या पूरी तरह न कर पाने के बीच झूलते रहते हैं। क्या कोई हमें इस हद तक प्रेम कर सकता है कि बाकी सारी बातों को ताक पर रख दे? प्रेम पर भरोसा करने और शक करने के बीच हजारों झिलमिले या धुँधले रंग हैं। शायद यही रिश्तों के बीच का खेल है, जो उन्हें बासी नहीं होने देता।

''जानते हो प्रमित, पहला उपन्यास लिखते समय अपने पति से ऐसा झगड़ा हुआ था कि मैंने आधा लिखा उपन्यास कूड़े के डब्बे में डाल दिया था कि जाओ, मुझे नहीं लिखना!''

''यह तुम्हारी पहली दिलचस्प कहानी है तुम्हारे परिवार के बारे में! क्या हुआ था?''

''बात इतनी थी कि मेरे पति पाँच दिन के लिए कलकत्ते से बाहर गए थे। मेरे पापा ने कहा कि घर की निचली मंजिल पर बनी अपनी ऑफिस का कमरा मेरे लिखने के लिए खाली कर देंगे। वहाँ रहकर लिख लूँ। सचमुच जैसे विक्रमादित्य

के टीले में गड़ी कुर्सी पर बैठकर गड़ेरिया सच्चा न्याय करने लगा था, पापा की कर्मठ कुर्सी पर बैठकर पाँच दिन में मैंने चालीस पन्ने लिख डाले। इन पाँच दिनों में पापा ने न मुझे एक मिनट अपने बच्चों से फोन में बात करने दी और न ऊपर इन्तज़ार करती माँ से। सिर्फ रात को सोने के लिए ऊपर घर में जाने की अनुमति थी।''

''तुम्हारे पापा काफी जानदार चरित्र हैं!''

''सो तो हैं। फिर मैं लौट आई चौदह लोगों से भरे शोरगुल वाले फ्लैट में। लिखना बन्द हो गया। वह कुर्सी मुझे याद आती थी। पापा ने सुझाव दिया कि सुबह रौशनी फूटते ही आ जाया करो। डेढ़-दो किलोमीटर की दूरी ही तो है। तीन घंटे लिखकर लौट जाओ। बस यही बात पतिदेव को बुरी लगी। सुबह-सुबह यहाँ कौन तुम्हें डिस्टर्ब करता है? बात बढ़ गई। मैंने गुस्से में सोचा मुझे लिखना ही नहीं है।''

''फिर डस्टबिन से उपन्यास किसने निकाला?''

''मेरी देवरानी ने। वही पहली पाठक हुआ करती थी। हर दो-चार पन्ने लिखकर मैं उसको कहती, सब काम छोड़कर पढ़ो। बताओ, कैसा लिखा है।

''तुम्हें सारे लोग अच्छे मिल गए? प्रकृति गुलदस्ते में फूल नहीं उगाती। तुम्हारे लिए कैसे उगाए?''

''यही तो रहस्य है। शक मत करो।''

''**कहाँ** थे तुम प्रमित? दस दिनों से तुम्हारा कोई ई-मेल नहीं आया?''

''तुम तो जानती हो गाथा। मैं आवारा हूँ। मन होता है तो वहाँ चला जाता हूँ जहाँ लोग आहें पका रहे होते हैं।''

''आहें? मतलब? कोई खाने की चीज का नाम है तुम्हारी तरफ?''

''हाँ, आहें ही खाते हैं। उसी से पकाते भी हैं। आहें अच्छा ईंधन होती हैं।''

''तुम्हारी बातों को समझना मेरे लिए नामुमकिन है।''

''तुम कैसे समझोगी इतनी जल्दी? मैं खुद अपने साथ इतने दिन से रह रहा हूँ। अभी तक मैं ही खुद को समझ कहाँ पाया? एक बात कहूँ? अगर तुम कभी मेरे ऊपर उपन्यास लिखो तो पहला वाक्य यह लिखना—इस जाति के प्राणी का धरती पर आना एक अस्त-व्यस्त दुनिया की अराजकता का परिणाम था। जन्म लेते ही यह प्राणी मनुष्य होने का नाटक कर रहा था। कोई उत्सव नहीं मनाया गया उसके जन्म पर। सब आँखें बन्द किए दिमाग पर जोर डाल रहे थे कि इस प्राणी को क्या तो नाम दें और कैसे बताएँ कि यह असल में क्या है?''

गाथा सोचती है। सोचती जाती है। क्या किसी का जन्म उसके लिए एक इतनी बड़ी दुर्घटना हो सकता है?

गाथा की जिस चचेरी बहन ने बीस साल की उम्र में गोलियाँ खाकर आत्महत्या कर ली थी, उसने मरने के एक महीने पहले गाथा को कहा था—'मेरी दादी कहती है, यह तो एक्स्ट्रा है। एक भाई, एक बड़ी बहन तो थे, इसके आने की क्या जरूरत थी? तुम्हें तो कोई ऐसा नहीं कहता, जबकि तुम्हारी दो-दो बड़ी बहनें हैं!'

''**तुम्हें** पता है गाथा कि 'एलिस इन वंडरलैंड' किसलिए दुनिया के किसी भी धर्मग्रन्थ—बाइबिल, कुरान, रामायण—से बेहतर पुस्तक है?''

''ऐलिस इन वंडरलैंड? बच्चों की कहानी? जिसमें ऐलिस एक खरगोश का पीछा करती एक गड्ढे में गिर जाती है और वहाँ कुछ खाकर कभी बहुत छोटी, तो कभी बहुत बड़ी होती रहती है? वह एक ऐसी चाय पार्टी में जाती है, जो कभी ख़त्म नहीं होती क्योंकि वहाँ घड़ी की सुई छह बजे पर ठहर गई है? हद करते हो प्रमित! इस कहानी की बाइबिल से क्या तुलना हो सकती है?''

''ऐलिस एक सपने से जागती है। लेकिन उसे यह सन्देह होने लगता है कि वह खुद किसी और का सपना तो नहीं? क्या पता यह सच हो कि हम हैं ही नहीं

इस दुनिया में। क्या पता हम प्रतिबिम्बों के प्रतिबिम्ब हों? सपनों में देखे गए सपने?''

''लेकिन हम तो हैं। हाड़-मांस के प्राणी!''

''सब कुछ सपना भी हो सकता है। क्या पता मैं सिर्फ दर्पण में दिखी छाया भर हूँ जिसके सामने से तुम गुजरी हो? क्या पता, तुम बाइबिल के 'नोहा' की पत्नी हो जिसे यह दुनिया बचाए रखनी है? हम सब प्रोजेक्टर से दीवाल पर फेंकी गई छायाएँ हो सकते हैं।''

''ओह! मैं कुछ नहीं समझ रही। अच्छा, ऐलिस बाइबिल से बड़ी रचना कैसे है?''

''सिर्फ इसलिए कि उसे किसी के द्वारा प्रमाण की जरूरत नहीं। जबकि ईश्वर, गॉड, खुदा—बिना अपने माननेवालों के हो नहीं सकते।''

⬆

''**तुम** ईश्वर को मानते हो प्रमित?''

''मेरे पास वह कहीं दिख तो नहीं रहा। आस-पास मेरे परिवार के तिलचट्टे जरूर काफी खुश नजर आ रहे हैं। तीनों चूहे मेरा पुराना बूट चबाते खेल रहे हैं और छिपकलियाँ तो हमेशा किसी-न-किसी ताक में रहती हैं।''

''मजाक मत करो खुदा के वास्ते!''

''हाँ, मेरे मजाक कुछ बेअदब किस्म के होते हैं। ईश्वर पर हँसना कोई अच्छी बात नहीं है। पर मुझे पता है कि मेरा ईश्वर भी कुछ अलग किस्म का है। वह कहीं अँधेरे में बैठा अपना काम कर रहा है। अपनी बनाई अच्छी-बुरी चीजों को देख रहा है। खुश है कि किसी तरह सब चल रहा है। वह इस तरह की बदतमीजी से नाराज नहीं होता। तुम्हारा ईश्वर कैसा है गाथा? तुम बताओ।''

गाथा सोच में पड़ जाती है। इस बन्दे ने तो अपना ईश्वर अपने जैसा बना रखा है। क्या जवाब दे इसे? बचपन से कभी सन्देह तक नहीं किया कि ईश्वर नहीं

है। परीक्षा में अच्छे नम्बर माँगते बचपन बीत गया। अब भी कोई न कोई जरूरत पूरी करने के लिए ही ईश्वर याद आता है। सीता माँ की तरह वह नहीं बन सकती जिसने कृष्ण को अपना भाई बना रखा है। सीता माँ उसके लिए रो सकती है। उसे पुकार सकती है। सीता माँ अपनी सास के कठोर व्यवहार के लिए उनके प्रति कृतज्ञ है कि दुख में ही वह अपने कन्हैया भैया से इतना प्रेम कर सकी। सीता माँ को हर पंडित, हर संन्यासी, हर कथावाचक पवित्र और महान लगता है जैसे वह उसके कृष्ण कन्हैया से अभी मिलकर आया है। गाथा के अन्दर अविश्वास भरा पड़ा है। इतना कि धरती के सारे समन्दरों को मिलाकर उतना पानी न होगा।

गाथा मन्दिर नहीं जाती। कोई पूजा नहीं करती। पर सीता माँ उससे नाराज नहीं होती। बाकी लोगों को कहती है—वह शब्दों में जीती है। आत्मज्ञान हो तो कुछ करने की जरूरत नहीं।

कैसा आत्मज्ञान? न भक्ति, न ज्ञान। कुछ नहीं। बस, हर बात में बाल की खाल निकालना। अपने शक्की दिमाग से हर धारणा को ध्वस्त करना। पर कई बार रात को नींद खुलने पर गाथा सोचती है कि एक गेंद को भी लुढ़कने के लिए ऊर्जा चाहिए। यह पृथ्वी की इतनी बड़ी गेंद कैसे सूरज के चारों तरफ घूमे जा रही है। घूमे ही जा रही है अनन्त काल से।

''प्रमित, मुझे नहीं लगता कि मैं अपने ईश्वर को जानती हूँ।''

''**गाथा,** तुमने सैमुएल बैकेट का 'वेटिंग फॉर गोदो' पढ़ा है? नाटक के दो पात्रों में एक कहता है—हमें हमेशा ऐसा कुछ मिल जाता है यार, जिससे हमें पता चल जाता है कि हम जिन्दा हैं। दूसरा कहता है—अरे हाँ-हाँ, हम तो एकदम जादूगर हैं।''

''तो इसका मतलब यह हुआ प्रमित कि हमारा होना ही सबसे बड़ा जादू है?''

''नहीं, तुम्हारी यूनिवर्सिटी के जिस अध्यापक ने तुम्हें इस तरह मतलब निकालना

सिखाया है, उसे गोली मार देनी चाहिए। इसका मतलब यह है कि हम धूल से भरे बोरे से अधिक कुछ नहीं हैं। तुम्हें धूल गिनना पसन्द है? तो मेरे जैसे अनगिनत हैं इस दुनिया में। मेरा पूरा लश्कर है, पूरा कारवाँ है।''

''प्रमित, मुझे एक शब्दजीवी फ़क़ीर मिला था। मिला क्या था, वह वैताल की तरह ताउम्र के लिए मेरे सिर पर सवार है। मैंने एक दिन उससे पूछा, आखिर जीवन का लक्ष्य क्या है? टूटी चप्पल और मुसे-तुसे कपड़े पहन शहर की खाक छानने से क्या मिलनेवाला है? तो उसने कहा—कुछ नहीं। अपने को धूल का एक कण बना देना ही मेरे जीवन का लक्ष्य है।''

''धूल के संग धूल बनकर जीता था वह? और क्या कहता था?''

''एक बार मैंने पूछा, वह इतना दुखी क्यों दिखता है? बाकी संसार तो परिवार के कारण, धन या कुर्सी पाने के लिए दुखी है। उसने तो शादी भी नहीं की। तो उसने कहा, इतने नंगे-भूखे-बेसहारा लोगों के बीच सुखी होना अश्लील नहीं है? मुझे लगता था कि यह शख्स दूसरों के किए पापों के लिए अपने को सजा दे रहा है। कुएँ में अपना बदन घिस रहे ब्रह्मराक्षस की तरह।''

''मुझे नहीं पता गाथा कि तुम क्या लिखती हो। मैंने तुम्हें पढ़ा नहीं है। पर मुझे लगता है कि तुम एक घनघोर अकेलेपन की कथा लिखती होगी।''

''अकेलेपन की कथा? तमाम पात्रों, घटनाओं, सुदूर इतिहास और आज के ओर-छोर के बीच?

''हाँ, अकेलापन क्योंकि हम जानते हैं कि हम किसी गुट के साथ शामिल नहीं हो सकते। हमने अपनी पूँछ पृथ्वी के बूढ़े होने के किसी दौर में खो दी है, इसलिए हम गुट बनाते रहे हैं—देश, जाति, रंग, धर्म, भाषा के समूह! बन्दरों को देखो, वे सब एक हैं।''

''**तुम्हें** सच कहता हूँ गाथा, मुझे बहुत गुस्सा आता है जब लोग देश, जाति, नस्ल की या अपनी देशज संस्कृति पर गर्व करनेवाली बातें करते हैं। ये सब

बेड़ियाँ हैं, जो हमें कभी उड़ने नहीं देंगी। लोग कम्प्यूटर पर बैठे-बैठे जाने क्या-क्या भेजते रहते हैं—हमें भारतीय होने पर गर्व है। अमेरिका उड़ रहा है। ईरान सड़ रहा है। इंग्लैंड की रानी का वारिस आ गया। नाइजीरिया का बोकोहराम और सीरिया का आईएसआईएस दुनिया में इस्लाम का चेहरा है। हम या तो गर्व करते होते हैं या नफ़रत।''

''हमारी सीता माँ की एक जैनी सहेली थीं। वे बड़े गर्व से कहती थीं कि मैंने जिन्दगी में कभी जमीकन्द—यानी जमीन के अन्दर होनेवाली सब्जियाँ—आलू, गाजर, अदरक—नहीं खाईं। सोचो कि कोई आदमी कैसे एक मामूली नियम को मानते हुए अपने को महान मान सकता है! हम इसी तरह दूसरों से अपने को अलग करते रहते हैं और अपनी पीठ थपथपाते रहते हैं।''

''और तुम क्या-क्या मानती हो?''

''मैं माननेवालों को देखती हूँ और जानती हूँ कि मेरे अन्दर में कुछ ऐसा है जो मुझे कुछ मानने नहीं देता। हमारे पिछवाड़े में एक नारियल का पेड़ है। उससे एक बार एक हरा नारियल गिरा, तो सीता माँ ने उसकी छाल हटने पर उसे अपने मन्दिर में रख लिया। उन्हें उसमें हनुमान जी नजर आ रहे थे। थोड़े दिन बाद देखा, तो वहाँ एक और वैसा ही नारियल नजर आया! मैंने कहा, आप तो मन्दिर को नारियल की दुकान बना देंगी। मेरी बात से उनके चेहरे पर आई हैरानगी मुझे याद है। उन्होंने शायद सोचा ही न होगा कि कोई उनकी श्रद्धा को इस तरह देख सकता है। पर बाद में उन्होंने वे नारियल गंगा में प्रवाहित करवा दिए।''

''यह तो दिलचस्प है! निखूत विश्वास करके जीवन को ही एक क़िस्सा बनाकर जीना कितना रहस्यमय है!''

''**तुम** कहते हो प्रमित कि मैं घोर अकेलेपन की कथा लिखती होऊँगी। सच पूछो तो मुझे लगता है कि मैं आदमी के अपनी जगह से दूर फेंके जाने की कथा लिखती हूँ। अन्दर और बाहर—दोनों तरह से बेदखल होते जाने की कथा। जैसे

आदमी के पैरों तले की जमीन खिसकाई जा रही हो। उसकी दुनिया कभी भी भरभरा कर गिर पड़ने को हो पर वह किसी तरह अपनी जड़ों से चिपका रहना चाहता हो। जिन्दगी रहने तक।''

''हाँ। 'क्रोनोटोप' यानी समय और स्थान सरकते रहते हैं। इससे परिवर्तन होता रहता है, किन्तु यहीं से तो नएपन की शुरुआत होती है।''

''बुरा मत मानना प्रमित। लेकिन तुम्हारा जन्म भी तो एक ऐसे ही नएपन की शुरुआत कहा जा सकता है। तब वह तुम्हें परेशान क्यों करता है?''

''देखो गाथा, मुझे मेरी माँ की याद सताती है। पर उस याद के पास कोई चेहरा तक नहीं है। मैं शायद एक अवैध सन्तान हूँ। बास्टर्ड! पर मैं हूँ क्योंकि मैंने जन्म लिया है। एक तरफ से मेरा जन्म इसलिए सार्थक है कि मैं बहुत सारे स्थानों और बहुत सारे समयों में हो सकता हूँ। मैं अपने दोनों तरफ के पुरखों की कई पुश्तों पीछे जाकर धरती के एक बड़े टुकड़े या टुकड़ों से अपने को जुड़ा हुआ देख सकता हूँ। काल और स्थान के बन्धन के परे।....

''लेकिन यह मत समझना गाथा कि इससे मेरा कष्ट कम हो जाता है। मैं जब-जब अपने को शीशे में देखता हूँ, मेरी तकलीफ हर बार एक नए सिरे से मेरे खरपच्चे उड़ा देती है।''

''क्या तुम अपने इस कष्ट की वैतरणी को पार नहीं कर सकते? तुम्हारी समझ, तुम्हारी शिक्षा, तुम खुद प्रमित—क्या काफी नहीं हैं इसे पार करने के लिए?''

''नहीं।''

''**और** प्रेम? प्रमित, क्या तुमने प्रेम किया है? शायद प्रेम ही तुम्हें सारी उलझनों के पार ले जा सकता है।''

''हाँ प्रेम तो हुआ था। पर उसे पकड़ना मेरी पहुँच के बाहर है। लेकिन यह बेहतर है कि प्रेम जीवन में आए, भले ही वह खो जाय। बजाय इसके कि प्रेम कभी हो ही नहीं।''

''पर तुम क्यों उसे पकड़ नहीं सकते? यदि तुम सचमुच प्रेम करते हो?''

''वह भी विदेशिनी है। मेरी माँ की तरह। मैं डरता हूँ। कब सब कुछ बदल जाय। कब कुछ और प्रेम से ज्यादा जरूरी लगने लग जाय। गाथा, तुमने मुझे किसी अमित कुमार की कहानी सुनाई थी न? एक रात कोई अजनबी औरत दरवाजे की घंटी बजाती है और उससे पूछती है कि तुम ठीक हो न? और बस, उस दिन के बाद उसका जीवन बदल जाता है। सन्देह, नफरत, डर खा जाते हैं रिश्तों को। सिर्फ एक घटना से। वह भी जबकि कुछ घटता नहीं। कोई प्रमाण नहीं। कहते हैं न कि रिश्ते काँच की तरह होते हैं। कभी भी टूट सकते हैं।''

''अरे, तुम्हें वह कहानी याद है? पर सोचो कि अमित कुमार क्यों उस औरत को नहीं खोज लाता? अपने को बेकसूर साबित क्यों नहीं कर लेता?''

''क्या पता उसने बहुत खोजा हो और वह इतनी बड़ी दुनिया में उसे खोज न पाया हो? पर वह तीन साल बाद फिर आती है न?''

''हाँ। ऐसे ही कोई बेकार की बात पूछने के लिए। क्या तुम्हें लगता है कि कोई सचमुच इस कहानी पर यकीन करेगा?''

''करेगा क्यों नहीं? छायाएँ तो आती हैं लौटकर।''

''**प्रमित,** मैंने तुम्हारे लिए एक कविता लिखी है :

आवाज एक भरोसा है
और स्पर्श एक दिलासा;
दुनिया के इस छोर से
अन्तिम सिरे के परे
जाती हैं निगाहें;
और खोज लाती हैं
जो छूट गया था
बस ऐसे ही कहीं।''

''तुम्हारी कविता पढ़कर मेरा मन हो रहा है कि मैं अपनी विदेशिनी को खोजते उसके देश चला जाऊँ और सर्दियों की किसी भयानक ठंडी रात में निपट अकेले उसका इन्तजार करता मर जाऊँ।''

''पागल हो गए हो! यह साहित्य का काला जादू जो तुम्हारे सर पर सवार हो रहा है, यह जानते हो न क्या है? एकदम पिटा हुआ रोमानी स्वच्छंदतावाद! यह तुम्हारे ऊपर बिलकुल फब नहीं रहा।''

कोई जवाब नहीं आता।

''प्रमित आज नहीं कहोगे, अरे, मैं तो मजाक कर रहा था!''

''नहीं।''

''**गाथा,** मैंने तुम्हारे लिए थोड़ी हिन्दी सीख ली है।—तुम्हारी यादें आती हैं।''

गाथा हँसती है ई-मेल पढ़कर। क्या कहें इस बच्चेनुमा आदमी या आदमीनुमा बच्चे को?

''हाँ, मैं भी तुम्हारे बारे में दिन में कई-कई बार सोचती हूँ। मेरा मतलब मुझे तुम्हारा खयाल आता है। लेकिन तुम्हें यह भी बताना चाहती हूँ कि मुझे भावुकता से बहुत परहेज है। जिन्दगी में भी, किस्सागोई में भी।''

''इसमें भावुकता की क्या बात है? यह तो वैसा ही है कि मानो हम किसी सड़क से ठीक एक ही समय में रोज गुजरते हैं और वहाँ रोज किसी आदमी या औरत को देखते हैं। अगर किसी दिन उसे नहीं देखते, तो सोचते हैं कि दो मिनट और रुक जाते, तो शायद वह दिख जाता।''

''हाँ, यह सब सोच तक ही होना चाहिए।''

''और भी कुछ हो सकता था यदि तुम बारह साल बाद पैदा होतीं और मैं बारह साल पहले, तो हम अपने स्कूल के दिनों में मिल सकते थे। अरे नहीं, पर कैसे

मिलते, मैं तो मुफलिस लोगों के लिए बने स्कूल में पढ़ता था। असल में वह स्कूल ड्राप-आउट यानी भगोड़े, आवारा, निकम्मे किशोरों के लिए था। कुछ-कुछ जेल जैसा।''

''अरे, वहाँ तुम्हें किसने और क्यों डाला?''

''फिर वही सवाल, जिनसे मैं बचना चाहता हूँ, भूल जाना चाहता हूँ।''

''ओह, सॉरी।''

कैमरा गाथा को अचानक घड़ी की तरफ देखते और लगभग चिहुँकते देखता है। क्या सचमुच उसे एयरपोर्ट पर इन्तज़ार करते डेढ़ घंटा हो चुका है? आज तक उसने किसी का इस तरह इतने धीरज के साथ इन्तज़ार नहीं किया है। आम तौर पर वह दस मिनट देर होते ही एकदम बेचैन होकर चक्कर लगाने लगती है। एयरपोर्ट में दूर काउंटर पर बैठा आदमी, झाड़ू लगाती औरत सब उसे घूरने लगे हैं। वे शायद उससे उन सवालों को पूछने से बच रहे हैं जो उनके दिमाग में चक्कर लगा रहे होंगे। मोबाइल उसके हाथ में दिख भी तो रहा है। आता होगा कोई दूर-दराज से लेने, यह सोचकर उससे कुछ पूछ नहीं रहे। गाथा सोचती है कि उसे क्या करना चाहिए। आखिर वह कितनी देर इस तरह बैठी रह सकती है?

जाने किस तरह के स्कूल में पढ़ाई की है प्रमित सान्याल ने! उसके किस तरह के दोस्त बने होंगे वहाँ?

''क्या बिलकुल नरक था तुम्हारा स्कूल?''

''नहीं पूरी तरह तो नहीं। हाँ, छोटे लड़कों का यौन-शोषण होता था। मैं भाग्यशाली रहा। बच गया। ऊपर बैठा वह ईश्वर शायद मुझसे कुछ प्यार करता था। मुझे कुछ ख़ास याद नहीं। बस इतना पता है कि मैंने किसी तरह स्कूल पूरा कर लिया। किसी ने मेरी मदद की और मुझे बंगलुरु में कॉलेज में पढ़ने भेज दिया। और यह अब मैं हूँ। इससे ज्यादा बुरा भी हो सकता था मेरे

संग। यह पढ़ो—

होना तो यही है अन्ततः
जीवन एक सपना रहेगा
एक छाया
जो बनी रहती है;
एक सर्कस
जो चलता रहता है,
एक चेहरा उगा हुआ
चेहरों की भीड़ में।''

''**प्रमित,** तुम अपनी कहानी में कितने रिक्त स्थान छोड़ देते हो!''

''हूँ...''

''उन्हें भरो न!''

''दरअसल समय तो भाग ही रहा था। जैसे-तैसे। बहुत-सी रातें थीं जबकि मुझे बेहद भूख लगी थी। बहुत-सी रातें थीं जब मुझे भयानक डर लग रहा था। इतना कि मैं रो तक नहीं पाया।''

''ओह!''

''मुझे पता है कि तुम एक लेखक हो। तुम्हें अपने उपन्यास के लिए ऐसे चरित्रों की जरूरत है जो किसी उपन्यास के चरित्र जैसे लगते हों। किन्तु तुम्हें पता है न कि ऐसे चरित्र भी हो सकते हैं जो कभी शिकायत नहीं करते। एक शब्द भी नहीं बोलते कि किसी को पता चल जाय कि उन पर क्या गुज़री। इसीलिए कि वे जिन्दगी से प्रेम करते हैं। जैसी भी जिन्दगी उन्हें मिली हो।''

गाथा चुपचाप हाथ पर हाथ धरे बैठी रहती है। समझ में नहीं आता कि क्या लिखे। किसी के दुख को कुरेदना क्या अच्छी बात है? खासकर जब वह कह

रहा हो कि वह भूलना चाहता है। रहें रिक्त स्थान उसकी कथा में।

"गाथा, मुझसे बात करो प्लीज। चुप मत रहो।"

"बातें ही तो हैं जो इंसान दूसरों से कर सकता है प्रमित। बातों के अलावा और अर्थ ही क्या है जीवन का। बातें करते हैं तभी तो हम जान पाते हैं कि मन में क्या छिपा बैठा है। वरना तो न हम अपने मन को ख़ुद जानेंगे न किसी को अपने मन के तहख़ाने में उतरने देंगे।"

"**तुम्हें** पता है गाथा, अगर मैं कोई उपन्यास लिखूँ तो पहला झूठ क्या लिखूँगा?"

"उपन्यास क्या झूठ ही झूठ होता है?"

"झूठ से क्या मतलब समझती हो तुम? हम जो कथा बनाकर लिखते हैं, क्या वह उसी तरह घटती है असल में? तब फिर वह झूठ नहीं तो और क्या है? यहाँ तक कि हम अपनी आपबीती भी पूरी तरह सच-सच नहीं लिख सकते। उसमें भी न जाने कैसे, कब, कहाँ हमारी कल्पनाएँ चली आएँगी कि जो घटा, वह ऐसे घटा था। बिलकुल ऐसे। और हम अपने-आप को विश्वास दिला देंगे कि हम बिलकुल सच कह रहे हैं।"

"ओह, तुम और तुम्हारी गोल-मोल बातें! फिर तो दुनिया में सच-झूठ जाना ही नहीं जा सकता। खैर छोड़ो, तुम अपने उपन्यास में पहला झूठ क्या लिखोगे?"

"यही कि ऊपर स्वर्ग में कोई ईश्वर रहता है जो नीचे हम लोगों को देखता है। होता यह है कि जब तुम्हें बहुत भूख लगी हो, तो बस यही खयाल आता है कि कोई किसी तरह तुम्हें सुला दे जिससे तुम सपनों में खाना देख सको। या फिर कोई दयालु व्यक्ति तुम्हारी तरफ उसी समय रोटियाँ फेंक दे। एकदम सांता क्लॉज़ की तरह।"

"प्रमित, मैं जानना चाहती हूँ कि तुम्हारे रिश्तेदार कहाँ थे जब तुम भूखे थे?"

"मैं भी जानना चाहता था कि वे लोग कहाँ हैं। मैं उनसे पूछ भी लेता, पर वे

तो अदृश्य हो गए थे। मुझे नहीं पता उन्हें क्या हुआ। मुझे इतना ही याद है कि मैं बैठकर दुनिया का नक्शा बनाने की कोशिश करता था। उसमें इंडिया कहाँ है, जर्मनी कहाँ है। कोई तो कहीं था जिसने मुझे उस जेलनुमा मुफलिस स्कूल में भेजा था।''

''मैं 1993 में सिलीगुड़ी-दार्जिलिंग गई थी। जाने तुम तब क्या कर रहे थे?''

''मुझे पता नहीं मैं तब क्या कर रहा था। शायद दिन-रात प्रार्थना कर रहा था। मैं अपने बारे में कभी इतनी बातें नहीं करता। गाथा, मुझे तुम हमेशा ऐसी जानलेवा बेचैनी में क्यों डाल देती हो?''

''**गाथा,** तुम कभी अपनी आत्मकथा लिखने की नहीं सोचतीं?''

''नहीं, मेरे जीवन में ऐसा कुछ खास घटा ही नहीं। मेरे जीवन में जो बीता, वह मेरा चुना हुआ नहीं था। यानी अरेंज्ड मैरिज हुई। शादी-बच्चे-संयुक्त परिवार—सब कुछ वैसे ही हुआ जैसे आमतौर पर इस देश में एक मध्यवर्गीय हिन्दू लड़की के जीवन में होता है।''

''तुम छिपा रही हो कुछ। तुम लेखक ऐसे ही बन गईं? ऑस्कर वाइल्ड ठीक कहता है कि आदमी जब खुद अपने बारे में बोलता है, तो कुछ नहीं बताता। उससे सच कहलवाना हो तो बस उसे एक मुखौटा दे दो। सच कहो, किसी से प्रेम नहीं किया तुमने?''

गाथा हँसती है। जाने कौन किसे पात्र बनाने की सोच रहा हो। शायद वे दोनों शतरंज का खेल बिछाए बैठे हैं इंटरनेट की हवाई दुनिया के आर-पार।

''लेखक तो मैं इसलिए बन गई कि मुझे एक पिछली पीढ़ी का आधुनिक लेखक मिल गया था। उसने मुझे सिखाया कि लेखक बनने से बड़ा और कोई काम नहीं है दुनिया में। लेखक बने रहने के लिए उसने अपना जीवन दाँव पर लगा रखा था। हालाँकि वह तुम्हारे जैसा ही लेखक था—अपने को छपवाकर घोषित रूप से लेखक नहीं बनना चाहता था। बस वह लेखक की आँख से

जिन्दगी को देखना चाहता था। उसने अपना रोग मुझे दे दिया। मैं उसे शब्दगुरु कहती हूँ।''

''और प्रेम? वह हुआ कि नहीं?''

''एक बार हुआ हो, तो बताऊँ। स्त्री-पुरुष—बूढ़े-बच्चे-किस-किस से नहीं हुआ?''

''मैं जानता था तुम नहीं बताओगी। तुम्हारी कथाओं के पात्रों से ही पूछना पड़ेगा।''

''**गाथा,** तुमने एक बार कहा था कि तुमने दुख के तल को छू लिया था। तुम्हें लगा कि सब कुछ खत्म हो गया है। सारी दुनिया अँधेरे में डूब गई है। सूरज काला हो गया है।''

''हाँ, कहा था। पर तुमने कहा कि तुम जानना नहीं चाहते कि मेरे साथ क्या बीती।''

''अब भी नहीं जानना चाहता। मुझे लगता है कि तुम्हारी कहानी काफी उलझी हुई होगी। मेरा दुख तो सीधा-सादा था—वैसे ही जैसे सड़क पर छोड़े हुए एक कुत्ते का होता है। मुझे बस इतना पता है कि जब तुम सूखी हुई आँखों से रोते हो, तो तुम जीवन को जान लेते हो। जीवन को तुम असल में प्रेम भी तभी कर पाते हो। मैं टुकड़ों पर पल रहा था, पर अपनी जन्म देनेवाली माँ से प्रेम करता था।''

''तुम क्या घर में रह रहे थे? या किसी हॉस्टल में थे? क्या नाम था तुम्हारे स्कूल का?''

सामने से जवाब नहीं आता। गाथा इन्तज़ार करती है। क्या उसने गलत सवाल पूछ लिया है? क्या प्रमित सान्याल हमेशा के लिए गायब हो गया है? पाँच-सात मिनट बाद वह निराश होकर कम्प्यूटर पर से उठ जाती है। क्या पता सब

कुछ झूठ हो, जो अब तक बताया गया। उसने जहाँ स्कूल का नाम पूछ लिया, बस प्रमित सान्याल के किस्से की हवा निकल गई।

दो घंटे बाद वह देखती है कि मोबाइल पर ई-मेल है।

''इस तरह के सवालों का जवाब देना उचित नहीं होगा। ये खोजी पत्रकारों जैसे सवाल हैं। क्या पता मुझे अपने उपन्यास पर बुकर पुरस्कार मिलनेवाला हो? उस समय बताने के लिए कुछ जानकारी सुरक्षित रखना चाहता हूँ।''

''हँसी आ रही है। इसलिए नहीं कि तुम बुकर की कल्पना कर रहे हो। इसलिए कि बिना किताब छपाए बुकर नहीं मिल सकता।''

''**गाथा,** तुमने आज तक जो भी लिखा है, तुम्हें यह पता चला कि समय यानी काल एक सीधी रेखा में नहीं चलता? वैसे गणित भी अब इस बात को नहीं मानता। तुम्हें पता चला कि तुम्हारे लिखे में आनेवाले समय और स्थान के बीच कोई सीधा रिश्ता नहीं है। सवाल यह है कि क्या समय रह सकता है बिना स्थान के?''

''मुझे तुम्हारी बात समझ में नहीं आ रही। मेरी कहानियों में समय आगे-पीछे चलता है। लेकिन असल जीवन में तो हम बचपन से जवान और बूढ़े ही होते हैं!''

''किसने कह दिया तुम्हें? तुम इंसान के लिए यह बात कह सकती हो। लेकिन अणु-परमाणु? उन पर यह बात लागू नहीं होती। वहाँ समय फिर-फिर लौटकर आता है। तुम सोचकर देखो कि तुम्हारा शरीर न भी हो, लेकिन सौंदर्य, हिंसा, प्रेम और दुख फिर भी रहनेवाले हैं। तुम्हारे लिए समय एक रेखा में नहीं हो सकता क्योंकि जैसे ही स्थान में हलका-सा भी परिवर्तन होगा, समय की रेखा घूम जाएगी।''

''पता नहीं, मैं समझ रही हूँ या नहीं।''

''देखो, सरल शब्दों में कहा जाय जो हम जिस तरह से लिखते हैं वहाँ समय

स्थान के अन्दर ही जीवन्त होता है। समय जो है, वह एक तरह का स्थान ही है।''

''मुझे नहीं मालूम कि मेरी या किसी और की कहानी पर इस बात से क्या फर्क पड़ेगा!''

''**गाथा,** तुम जाग रही हो? रात दो बजे?''

''हाँ। अक्सर मेरी नींद रात को खुल जाती है और लगता है कि नींद पूरी हो गई। अब और सोया नहीं जा सकता। तब मैं चुपचाप अँधेरे के हटने का इन्तज़ार करती हूँ। कभी-कभी कोई चिड़िया भी मेरी तरह बेवक्त जाग जाती है और अपना सुबह का गाना गाने लगती है।''

''तुम देखती हो कि कैसे पृथ्वी घूम रही है और हम पृथ्वी के साथ फिर एक नई सुबह की तरफ?''

''हाँ, बिलकुल। यह भी सोचती हूँ कि किसने यह सब कुछ बनाया है? या हम अपने-आप बन गए? जब मरेंगे तो हवा-पानी-मिट्टी में घुल जाएँगे या हमारी आत्मा बची रहेगी? तुम्हें क्या लगता है प्रमित? तुम मानते हो आत्मा रहेगी?''

''मुझे कारण में और उसके परिणाम में विश्वास है। मुझे नहीं लगता कि हमारी हाड़-मांस की काया इस सृष्टि का कारण हो सकती है या उसे समझ सकती है। हाँ, यह किसी कारण का परिणाम जरूर है। कोई कारण था कि हमारा ब्रह्मांड शुरू हुआ। कोई कारण तो है कि एक लता एक पेड़ से लगी रहती है। तुम चाहो तो उसे आत्मा कहो। मेरे लिए यह विशुद्ध गणित है।''

''जानते हो प्रमित, मुझे लगता है कि जब चाँद आसमान में होता है, यानी आसमान के उस टुकड़े में जो मेरी खिड़की से दिखता है, तो वह मुझे जगा देता है। जैसे वह चाहता हो कि मैं उठकर उसे देखूँ। सिर्फ घर पर ही नहीं। यात्रा में किसी होटल के अनजान कमरे में भी मेरे साथ ऐसा होता है। इसका क्या कारण हो सकता है बताओ?''

''कारण तुम ही हो गाथा। हम जिससे प्रेम करते हैं, वह पत्थर हो या पेड़, वह भी हमारे बारे में सोचता है।''

''**आज** दिन-भर तुमने क्या किया प्रमित?''

''आज मैं बहुत व्यस्त रहा। सुबह से शाम तक मैंने एक पंक्ति में एक कौमा लगाया। फिर शाम को निर्णय लिया कि कौमा को हटा दिया जाय। कौमा को हिन्दी में क्या कहते हैं?''

''अल्पविराम। तुम्हारी बात से मुझे लग रहा है कि तुम अगले जन्म तक अपनी रचना को पूरी करोगे।''

''पूरी कर लें तो भी क्या? न करें तो भी क्या?''

''अच्छा, अगर समझ लो, मैं तुम्हारे ऊपर एक किताब लिखना चाहूँ?''

''तुमको मुझमें ऐसा क्या दिखता है? मेरा अतीत खत्म हो चुका है। कोई चाहे भी तो उसका पता नहीं लगा सकता। खुद मैं भी उस धुंध में कोई सच, चाहूँ भी, तो खोज नहीं सकता। खोज भी लूँ तो कह नहीं सकता कि वह कितना सच है, कितनी कल्पना।''

''तुम्हें कौमा इतना महत्त्वपूर्ण क्यों लगता है? क्या हम एक रौ में लिखते नहीं जा सकते, इस उम्मीद में, कि पाठक उसे उसी गति से पढ़ता जाएगा और आत्मसात करता जाएगा? संस्कृत साहित्य में या कविता में भी, कौमा कहाँ होता है?''

''जीवन में कौमा वह जगह होती है जहाँ रुककर पीछे की तरफ मुड़कर हम अपने बीते हुए को फिर से देखते हैं और अगले ही क्षण सामने की तरफ उचककर दूर देखते हैं। कौमा में हमारे सारे दुख, सारी हैरत, सारी आशंकाएँ और सारी उम्मीदें रहती हैं। पर है वह अल्पविराम ही। कई बार वह इतना छोटा होता है कि कुछ महसूस नहीं होता। यों ही हम आगे बढ़ जाते हैं।''

एयरपोर्ट पर कैमरे के फ़ोकस में गाथा के बगल में एक कुरसी छोड़कर एक चालीस-बयालीस का सा दिखता आदमी आ गया है। वह गाथा की ओर बात करने के इरादे से देख रहा है।

गाथा अनुमान लगाती है कि वह दिल्ली जानेवाला यात्री होगा। दिल्ली की उड़ान दो घंटे बाद है। शायद पहाड़ों से उतरकर आया है, इसलिए जल्दी पहुँच गया है। पहली नजर में उसका छोटा-सा बैग न देखकर उसे प्रमित सान्याल समझकर वह मुसकराई थी। इसलिए वह सहज होकर उससे बात करने के मूड में दिख रहा है।

''आप भी दिल्ली जा रही हैं? एयरपोर्ट जल्दी पहुँच गईं?''

गाथा को एक मिनट समझ में नहीं आता कि क्या कहे।

''नहीं, मैं कलकत्ता जा रही हूँ। सुबह की उड़ान निकल गई। मैं देर से पहुँची। अब शाम को जाऊँगी''—झूठ बोलते हुए वह खुद को आश्चर्य में डाल रही है। तभी खयाल आता है कि इस झूठ के सच बनने की काफी सम्भावना है। बैरंग वापस लौटने के अलावा और चारा भी क्या है?

''आप दार्जिलिंग में रहते हैं?''—वह बात को बदलने के लिए पूछती है। जवाब में वह अपना कार्ड निकाल उसे देने के लिए हाथ बढ़ाता है।

''जी हाँ। मैं एक कॉलेज में अंग्रेजी साहित्य पढ़ाता हूँ। पर दरअसल कवि हूँ। लिखता हूँ। आपका चेहरा देखा-देखा सा लगता है। आप भी कहीं पढ़ाती हैं?'' गाथा कार्ड ले लेती है। नाम देखती है। प्रमित साहा। एक क्षण के लिए उसका दिल रुक जाता है और फिर तेजी से धड़पड़-धड़पड़ चलने लगता है। वह बिना पलक झपकाए उस शख्स को घूरती जाती है। अगर यह मजाक है, तो वह प्रमित को इसके लिए कभी माफ नहीं करेगी।

''आप प्रमित सान्याल नाम के किसी शख्स को जानते हैं? वे भी कवि हैं''—घूरने से असहज हो आए व्यक्ति से वह पूछती है।

''नाम तो नहीं सुना। मैं तो इधर के सारे अंगरेजी विभाग को और कवियों को जानता हूँ। दिल्ली कविता-पाठ के लिए ही जा रहा हूँ।''

“**प्रमित,** तुम सिर्फ कविताएँ लिखते हो? कभी कोई उपन्यास या कहानी लिखने की नहीं सोची?”

“हाँ, हाँ, क्यों नहीं। मैंने एक उपन्यास लिखना शुरू किया है। उसका नाम है— मुसी हुई धरती पर इस्तरी करते हुए।”

“मजाक मत करो। यह भी कोई नाम है?”

“सच कह रहा हूँ। पहला अध्याय है—‘समय आ गया है।’ वह इस तरह शुरू होता है—

“महाकाव्यों को फिर से लिखने का समय आ गया है। अब जो लिखा जाएगा, वह एक विचार से शुरू होगा। ऐसा विचार जो पूरी मनुष्यता के मन में हमेशा से उठता रहा है। इसमें शायद कुछ भी नया नहीं होगा। पर अब यह विचार फैलता जाएगा।

“पुराने महाकाव्यों रामायण, महाभारत, इलियड, ओडिसी के तमाम चरित्र इसमें फिर से नई भूमिका अख्तियार करेंगे। उनका वजूद वही नहीं रहेगा। किन्तु तब भी उनमें वे दुख-सुख घुले-मिले होंगे जो स्मृति की हजार साल की परतों से चले आए हैं। पर ये एक बिलकुल नई दुनिया का सपना देख रहे होंगे। वे सपने उन चेहरों को बिना भूले गढ़े जाएँगे, जो हाइड्रोजन, नाइट्रोजन, नापाम, एटम बम या तेजाब का बल्ब फेंक देने से झुलसे हुए चेहरे और जले या कटे हुए हाथ-पाँव-शरीर वाले हैं। उस मूल विचार का सपना होगा कि धरती के नक्शे को और उसके इतिहास को एक बार फिर से मिटाकर लिखा जाय।”

“बाप रे! क्या लिख रहे हो यह सब?”

“क्यों, पागल का प्रलाप लग रहा है क्या?”

“नहीं। पर...। अच्छा, वह कौन-सा विचार है जो महाकाव्य फिर से लिखेगा?”

“वह हम सबमें है। तुम खोजो। तुम्हें पता चल जाएगा।”

‘‘**प्रमित,** तुम यह सब इस तरह कैसे सोच लेते हो? मेरा मतलब तुम्हारी भाषा, तुम्हारी कल्पना की उड़ान या कि तुम्हारी दुनिया ही जैसे बिलकुल अलग है।’’

‘‘अच्छा! तुम्हें ऐसा लगता है? बात शायद यह है गाथा कि बहुत से लोगों को विरासत में बहुत धन मिलता है, कइयों को बड़ा नाम मिलता है, शोहरत मिलती है जनम से ही। पर मुझे विरासत में कुछ ऐसा भव्य, अद्‍भुत, सम्मोहक अचम्भा मिला है कि मैं दुनिया पर आश्चर्य ही करता जा रहा हूँ। बस उसी को लिखना चाहता हूँ।’’

‘‘तो लिख डालो जल्दी-जल्दी।’’

‘‘हाँ, मेरे दिमाग में सब कुछ जँचा हुआ है। बस मुझे सन्नाटे की—हाँ सन्नाटे की—एकान्त की नहीं, बहुत जरूरत है। पड़ोस में लोग चुप रहें, सड़क के कुत्ते न भौंकें और लोग मेरा दरवाजा न खटखटाएँ।’’

‘‘प्रमित, तुम कुछ ख़ास नहीं माँग रहे हो। तुम्हारी प्रतिभा को बाहर आने के लिए यह तो कुछ भी नहीं।’’

‘‘प्रतिभा? नहीं, मुझमें प्रतिभा नहीं है। हाँ, सपने बहुत हैं। बस ऐसा कोई चाहिए, जो मेरे सपनों पर यकीन करे।’’

‘‘यह तो बहुत बड़ी माँग है। ऐसा कोई किसी को नहीं मिलता, प्रमित। अपने सपनों पर हम खुद यकीन बनाए रखें, तो ही बहुत है। तुम्हें क्या लगता है कि मेरा परिवार मेरे सपनों पर यकीन करता है? कि मैं ऐसा कुछ लिख सकती हूँ जो हमेशा धरती पर आनेवाली पीढ़ियों के लिए अर्थ रखेगा? रामायण की तरह? हमें ज्यादा से ज्यादा ऐसे लोग मिल सकते हैं जो हमें हमारी सनक में जीने दें। हमें बदलने में न लग जाएँ।’’

‘‘**मेरे** जीवन में एक ऐसा दौर आया था प्रमित, जब मैं हर समय अपनी खिड़की पर खड़ी सामने एक पेड़ को देखा करती थी।’’

‘‘तुम्हें प्रेम हो गया था किसी से? जैसा कि मैं कहता हूँ प्रेम होकर छूट जाना प्रेम न होने से ज्यादा अच्छा है!’’

‘‘ठीक है। तुम ऐसा ही समझ लो। हाँ, तो मैं आठ तल्ले पर अपने फ्लैट की खिड़की से सामने पुराने अंग्रेजों के बनाए एक बंगले में लगे एक पुराने अनाम पेड़ को दिन भर देखती थी। मुझे उससे बहुत सुकून मिलता था। धीरे-धीरे मुझे उस पेड़ पर आनेवाली पीली, नीली, हरी, नारंगी चिड़ियाँ दिखने लगीं। इतना ही नहीं, मुझे उनकी आवाजें भी पहचान में आने लगीं। मैं अचानक कहती, पीली चिड़िया आ गई। घर में सब एक-दूसरे की तरफ देखते। सबको लग रहा था कि मैं एक ऐसी कल्पना की दुनिया में चली गई हूँ जिसका असलियत से कोई वास्ता नहीं है और उनके चेहरों पर चिन्ता की रेखाएँ उभर आतीं।’’

‘‘फिर उन्हें पता चला कि तुम असली चिड़ियाँ देखती हो?’’

‘‘हाँ, जब उन्होंने सच में देखा कि कितनी रंग-बिरंगी, छोटी-बड़ी, लम्बी पूँछ वाली या लम्बी चोंचवाली चिड़ियाँ आती हैं, तो उन्हें यकीन आ गया। फिर हम सालिम अली की एक किताब ले आए और हमने उनके नाम जान लिए।’’

‘‘तुम्हारा मतलब यह है कि लोग तुम्हारे सपनों पर तब यकीन करते हैं जब उन्हें प्रमाण मिल जाए?’’

‘‘बिलकुल! पर हमेशा प्रमाण कैसे दिया जा सकता है? हम जब वह घर छोड़कर दूसरे घर में रहने चले गए, तब एक दिन लौटकर देखा कि वह पेड़ कट गया है। ऐसे लगा जैसे कभी वह था ही नहीं। हाँ, सारी चिड़ियाँ हमारे नए घर के आस-पास के पेड़ों पर रहने आ गईं।’’

‘‘वह पेड़ तुम्हारे विरह में कट गया। इसका कोई प्रमाण नहीं हो सकता।’’

‘‘वही तो।’’

''**गाथा,** लोग बिना प्रमाण के कितनी बकवास करते हैं। या अपने झूठ को सच बताने के लिए अधकचरे प्रमाण जुटा लेते हैं। लेकिन तुम उन्हें एक आदर्श दो, एक महानता की बात करो, वे तुरन्त उस पर शक करने, उसे तोड़ने-फोड़ने में लग जाएँगे। हमारे समय की सबसे बड़ी ट्रेजेडी यही है कि हम किसी बड़े आदर्श में यकीन ही नहीं कर सकते।''

''जैसे कि?''

''यही कि मनुष्य खाली मनुष्य है। उसे सिर्फ़ मनुष्य होना है। बुरा मत मानना, पर तुम्हारी बिरादरी के परिवारों को मैं नजदीक से देखता हूँ। वे खुश हैं क्योंकि वे सोचना ही नहीं चाहते। हालाँकि इसमें कोई बुराई नहीं है। बन्दर भी कहाँ सोचते हैं? पर मुझे सबसे अधिक आश्चर्य इस बात का होता है कि वे कितने गैर-ईमानदार हैं—इतने कि वे क्रूर होने की हद को छू लेते हैं।''

''मैं समझी नहीं। साफ-साफ कहो।''

''मतलब वे जिस तरह भड़ास निकाल सकते हैं—अपने माँ-बाप के प्रति, दूसरी नस्लों के प्रति, शिड्यूल कास्ट—नीची जातियों के प्रति, मुसलमानों के प्रति। सच पूछो, तो वे दिल से खिलाफ नहीं हैं किसी के, पर वे जहर उगलते रहते हैं। किसी न किसी के प्रति रोजमर्रा उन्हें नफरत करनी है। वही उनके जीवन को चलाती हो जैसे।''

''मैं जानती हूँ ऐसे लोगों को। आस-पास भरे पड़े हैं। देशभक्ति के नाम पर उन्हें कोई भी बरगला सकता है। वे मानते हैं कि भारत को पाकिस्तान से लड़ने के लिए हथियार जमा करने चाहिए। वे यह भी मानते हैं कि भारत का हर मुसलमान दिल से पाकिस्तानी है।''

''तुमने कभी पूछा उनसे कि दो भिखमंगे रोटी का जुगाड़ न कर एक-दूसरे को मारने के लिए पिस्तौल खरीदें, तो यह पागलपन नहीं है क्या?''

''नहीं। मैं अब किसी से कुछ नहीं कहती। सिर्फ सुनती हूँ। मैंने कहकर देखा है। वे कभी नहीं मानेंगे।''

“**गाथा,** मैंने तुमसे कहा था न कि विरासत में मुझे एक महान और अद्‌भुत अचम्भा मिला है। सचमुच मुझे किसी तरह समझ में नहीं आता कि हर आदमी और यहाँ तक कि हमारी पूरी सभ्यता कैसे यह नहीं देखती कि वह कहाँ की ओर बढ़ रही है। मेरे दाहिने कन्धे पर बैठा चमकदार सफेद देवदूत अपने पंख फड़फड़ाते हुए मुझे कहता है, बन्धु, किसी को अपने अचम्भे के बारे में मत बताओ। मेरे बाएँ कन्धे पर बैठा काला देवदूत मुझ पर क्रोध करता है—तुम चुप क्यों हो? बताते क्यों नहीं? अपने पेट की अतार्किक बन्द गुफा में छुपे रहस्यों को दुनिया के सामने लाना चाहिए।”

“तो बताओ। तुम्हारे बन्द रहस्यों को मुझे तो बताओ।”

“देखो गाथा, मैं शुरुआत ऐसे कर सकता हूँ—मेरे भाइयो और खलनायको, शुरू से अपनी बात कहूँ तो मैं सब सच कहूँगा, जो झूठ के भी उतना ही करीब होगा। इस महान विरोधाभास के साथ ही मैं अपनी कहानी शुरू कर सकूँगा।”

“कोई बात नहीं, प्रमित। हम यानी सारी दुनिया तुम्हारी सच्ची-झूठी गाथा सुनना चाहती है।”

“मनुष्य के इतिहास में जाकर देखें, तो हमारा पहला क्रान्तिकारी विचार यह था कि हमें दो पैरों पर खड़ा हो जाना चाहिए क्योंकि हम अपनी पूँछ खो चुके थे। सभी क्रान्तिकारी विचारों की तरह इसका अभ्यास हमें चुपचाप, निरे एकांत में, षड्यंत्र की तरह करना था। पहले दिन इस क्रान्तिकारी विचार के कारण हमारा एक दाँत टूट गया। किन्तु जीवन में सबसे याद रखनेवाली क्रान्ति इसी तरह शुरू होती है। पहले दिन दाँत खोकर।”

“प्रमित, यह सब क्या कह रहे हो! तुम अपने रहस्य बताने के बजाय जाने किस प्रागैतिहासिक काल की बात कर रहे हो।”

“यही तो मुश्किल है। बात पहली क्रान्ति से ही की जा सकती है।”

गाथा को बहुत बार यह आभास हुआ है कि प्रमित उसे कुछ बताना चाहता है, पर बोलते-बोलते बात बदलकर कुछ और बोलने लगता है। जब उसने कहा था कि वह मिलने पर ही सारी बातें बता सकेगा यानी अपने अन्दर बन्द रहस्यों को, तभी गाथा को लगा था कि उससे मिलना बहुत जरूरी है। आज एयरपोर्ट पर बैठे प्रमित की हर बात पर उसे सन्देह हो रहा है। जो आदमी जितना बुद्धिमान होगा, वह उतना ही खतरनाक हो सकता है। प्रमित ने कहा भी था न कि उसके दाएँ कन्धे पर उज्ज्वल देवदूत बैठा है और बाएँ कन्धे पर काला देवदूत या कि शैतान!

कैसे गाथा ने उसकी बातों पर भरोसा कर लिया? क्या वह उस व्यक्ति को भूल गई जिसने उससे पहले उपन्यास के दिनों में वादा किया था कि वह उसे कलकत्ता के 1946 के दंगों के बारे में पाकिस्तानी सरकार द्वारा जारी एक रिपोर्ट यानी श्वेतपत्र पढ़ने के लिए देगा? गाथा उसके घर मिलने गई, तो साथ में अपनी एक सहेली को भी ले गई थी। एक की जगह दो को देखकर वह निराश हुआ था। अपनी पत्नी के बारे में पूछने पर उसने बताया था कि वह अपने मायके गई हुई है। किसी तरह बातें बनाकर उसने उन्हें दफा कर दिया था। गाथा को कोई श्वेतपत्र नहीं मिला था।

कोई स्त्री अपने लेखन को लेकर सीरियस हो सकती है, यह बात शायद पुरुष के गले नहीं उतरती। या उसकी लगन को उसकी बेवकूफी समझकर वह स्त्री के आगे एक चारा डाल देता है कि उसे फँसाया जा सके। मजे की बात कि ये ही वे पुरुष हैं जो स्त्री की अपनी बात अपनी तरह से बोलने की आजादी की वकालत करते रहते हैं।

"**प्रमित,** लिखने के लिए दुनिया पर भरोसे की बहुत जरूरत है।"

''किसने कह दिया तुमसे गाथा?''

''देखो, एक मेरे घरवालों की ओर मेरे आस-पास की साधारण दुनिया है। उनके पास उनके भोले विश्वास हैं। उसे तुम मूर्खता भी कह सकते हो। वे कभी जाँचना भी नहीं चाहते कि वे जो मान रहे हैं, वह बिलकुल निराधार हो सकता है।''

''अच्छा?''

''हाँ। अगर एक बिल्ली तुम्हें दीवाली के दिन दिख गई तो शायद तुम्हारे ऊपर धन की वर्षा होनेवाली है। एक बार एक यात्रा में जाते हुए हमारे घर के किसी सदस्य की कमीज पर एक तितली बैठ गई। वह उसे बिना हिलाए गाड़ी में बैठकर चला गया। सारे बच्चे हँसते रहे कि इसकी टिकट कटवाकर इसे भी साथ ले जाओ। यह बड़ी शुभ है।''

''या खुदा! हे भगवान!! ओह माई गॉड!!!''

''मैं जानती हूँ तुम भी हँस रहे होगे। पर सोचो कि ये भोले लोग क्या नहीं जानते कि बाहर की दुनिया में किस तरह के खतरनाक लोग रहते हैं? खासकर एक औरत कितनी आसान शिकार है? पर वे उसी तरह अपने भोलेपन में मेरी काबिलियत और मेरी ईमानदारी पर भरोसा कर लेते हैं जैसे कि उस तितली या बिल्ली के शुभ होने पर।''

''नहीं तो तुम शायद इस तरह रात देर तक मुझसे बातें नहीं कर पातीं?''

''बिलकुल नहीं।''

''पर गाथा, तुम खुद भी एकदम भोली हो। तुम्हें पता नहीं है कि मैं भी एक तरह से खतरनाक इंसान हूँ।''

''अच्छा? किस तरह से खतरनाक?''

''मैं तुम्हारे दुनिया को देखने के नज़रिए को पूरा बदल सकता हूँ।''

कैमरा गाथा को फिर अकेले उसी सीट पर बैठे देख रहा है। दिल्ली की उड़ान

जा चुकी है। उस प्रमित साहा के चले जाने पर गाथा को राहत महसूस हो रही है। वह जब तक बैठा रहा, गाथा का मन सन्देह से उफन रहा था। वह बेहद बेचैनी का अनुभव कर रही थी। जाने क्यों लग रहा था कि कहीं यही प्रमित सान्याल तो नहीं। बहुरूपिया ? बहुरूपिया ? यह शब्द उसके दिमाग में कहीं से घुस आया था और चक्कर लगाए जा रहा था। यहाँ तक कि जब तक उस शख़्स ने उड़ान के लिए जाते मुसाफिरों की लाइन में लगकर अपना 'बोर्डिंग पास' नहीं निकाला था, गाथा को लग रहा था कि वह दिल्ली न जाकर एयरपोर्ट से बाहर चला जाएगा।

''गाथा, हम जिन धारणाओं या स्थितियों को खुशी, शान्ति, सुकून, पूर्णता या, जैसा कि एक मासूम मूर्ख ने कहा, पिछले जीवन को मिटा देनेवाली कम्प्यूटर का 'बैकस्पेस' बटन जैसी क्षमता, कहते हैं, वह पाना बहुत आसान है।''

''अच्छा, फिर तो तुम गौतम बुद्ध बन सकते हो!''

''हाँ, इन सब के लिए तुम्हें चाहिए कि तुम्हारे पास अपने लिए ईमानदार, सत्यवादी, समझदार, सहनशील जैसे सुनने में भले और नैतिक शब्द हों और तुम्हारी जेब में जो चाहो, वह खरीदने के पैसे हों।''

''प्रमित, मुझे लग रहा है कि अब समय आ गया है कि मैं तुम्हारे ई-मेल ब्लाक कर दूँ। तुम भी औरों जैसे ही हो। तुम्हें लगता है कि मेरे पास जो चाहूँ वह ख़रीदने के पैसे हैं, इसीलिए मैं खुद को या दुनिया मुझे ईमानदार और काबिल समझती है।''

''गाथा, मैंने पहले ही कहा था हिन्दुस्तान का कोई लेखक अपना मजाक नहीं बना सकता। न अपना मजाक बनाना सह सकता है!''

''तुम दुखती रग का मतलब जानते हो ? एक बार भरी सभा में किसी ने मेरी ओर इशारा करते हुए कहा था कि ड्राइंगरूम में बैठकर साहित्य नहीं लिखा जा सकता। उसके बाद उठी हँसी की दबी हुई ध्वनि मैं कभी नहीं भूली।''

"**तुम्हारे** साथ समस्या यह है गाथा, कि तुम नहीं देखतीं कि कोई जो कह रहा है, उसके पीछे उसके अपने भूत लगे हैं। हाँ, कुंठा के भूत, किसी को कीड़ा साबित करने का भूत! जहाँ तक मेरा सवाल है, असल में मैं हूँ ही नहीं इस धरती पर, क्योंकि मैं नष्ट हो गए सपनों में रहता हूँ। अच्छा छोड़ो, आज़ादी पर मेरी यह कविता पढ़ो :

आजाद
जैसे तुम्हारे केश रहते थे,
आजाद हो जाओ
क्यूबा की रातों में।
अन्धकार से बाहर निकल
मैं आजाद होने के लिए रोता हूँ।
तुम एक सूखे हुए नारियल पेड़ पर
अचानक गिरी हुई बारिश हो,
देखो मुझे आजाद
पूरी तरह नीरव रात में।"

"प्रमित, तुम्हारी कविता में क्यूबा कहाँ से आ गया? तुम गए हो कभी क्यूबा?"

"फिर वही सवाल। क्यूबा क्यों आ गया? अरे क्योंकि क्यूबा में मुझे एक नीली और गहरी काली नीरव रात मिली थी।"

गाथा चुप रहती है। सवाल घुमड़ते हैं। पर उन्हें पूछा नहीं जा सकता।

"देखो न क्या हुआ था! शाम का वक्त था। आकाश अपनी भूमिका निभा रहा था। किसी ने मुझे मेरा नाम लेकर पुकारा। फिर मुझे घसीटकर 'कन्फेशन' कराने ले गया। बोलो, तुम एक अवैध सन्तान हो या नहीं? मुझे कुछ सूझ नहीं रहा था कि मैं क्या जवाब दूँ। मैं जरूर अवैध ही रहा होऊँगा क्योंकि इन लोगों की तरह मुझमें बदबू नहीं आती।"

गाथा के अन्दर हाहाकार जैसा कुछ उमड़ता है। प्लीज प्रमित, बन्द करो यह सब कहना। कब तक यूँ तुम खुद को कोसते रहोगे?

“**प्रमित,** तुम्हारे जीवन में प्रेम आया था। तुम्हें उसे पकड़कर रखना चाहिए था। तुमने उसे क्यों जाने दिया? वही तुम्हें तुम्हारे अतीत से, सारी ऊहापोह से, अपने-आप को लताड़ते रहने से बचा सकता था।”

“हाँ, लेकिन मैं इतना स्वार्थी नहीं हूँ। वह मेरी बातों से बहुत गहरे समन्दर में चली जाती थी। पर कोई भी इंसान समन्दर में हमेशा नहीं रह सकता। उसे मेरी आँखों में एक खोए हुए बच्चे की उदासी दिखती थी। पर वह उदासी उसे पाने से मिट जाती। तब उसे वहाँ की आकाश जैसी शून्यता क्या उतनी ही अच्छी लगती? हम जो असल में नहीं हैं, कल्पना से उसे बनाकर सपने बुन सकते हैं। पर पहाड़ों का जाड़ा उस महीन झीनी चादर से नहीं कट सकता।”

“प्रमित, मेरी एक कविता पढ़ोगे?—

तुम्हारे *साथ जीया*
चाहत का तरीका
तुम्हारा चाहना हक़ नहीं था
न ही फर्ज,
तुम्हारा चाहना ऐसा था
जैसे जंगल में कहीं अनदेखा अद्‌भुत
कोई फूल खिल जाए
क्योंकि उसे खिलना ही था।”

“वाह! सचमुच हमारा प्रेम ऐसा ही था। उसे खिलना ही था। उसने मुझसे प्रेम किया और मैंने उससे। यह काफी है। वह मेरी आहों में मेरे साथ ही रहती है। उस तरह. जैसे साथ होती, तो कभी नहीं रह सकती थी।”

“तुम्हें पता है, तुम जिस तरह लिख रहे हो, मैं उस तरह कभी नहीं लिख सकती। हम अपने लेखन से रोमांटिकता को निष्कासित कर देने के लिए अभिशप्त हैं एक तरह से।”

“मैं भी रोमांटिक नहीं हूँ। मैंने उसे जाने दिया क्योंकि मैं नहीं चाहता था कि उसकी दुनिया जब टूटे, तो उसके मलबे के नीचे मैं दब जाऊँ।”

"**क्या** करते रहे आज सारे दिन प्रमित?"

"आज मैं एक आविष्कार करने में दिन-भर लगा रहा। सन्नाटे की आवाज को कैसे सुना जाय या रिकॉर्ड करके कैसे सुनाया जाय? मुझे लगा कि मेरी छिपकली मुझसे बेहतर इस बात को जानती है। उसी से इसका अनुवाद कराया जा सकता है। फिर मुझे लगा कि मेरे दरवाजे के बाहर फुदकते मेंढकों से पूछा जा सकता है कि उन्हें इस बारे में क्या-क्या मालूम है।"

"हो सकता है कि तुम जो कह रहे हो, यह तुम्हारी नई कविता हो। पर मुझे नहीं लगता कि कलकत्ता जैसे बड़े शहर में रहते हुए कभी मेरे अन्दर ऐसी कोई कविता आ सकती है। एक बार फ्रांस से आए एक रेडियोवाले ने मुझे कहा था कि वह कलकत्ता में कहीं भी सन्नाटे की आवाज रेकॉर्ड नहीं कर पाया, जिससे शायद वे लोग हर प्रसारण शुरू करते हैं। कलकत्ते में एक क्षण भी ऐसा नहीं होता, जब कहीं कोई कौवा न बोल रहा हो।"

"तो तुम एक कविता ऐसे लिखो—'कलकत्ते के कौवों की क्यों करते परवाह...'। परवाह के लिए 'क' से कोई शब्द खोजो। कैफियत चलेगा?"

"क्यों बकवास कर रहे हो?"

"हाँ, पहाड़वालों की सब बातें नीचे समतल पर रहनेवालों को ऐसी ही लगती हैं। सच पूछो, तो सन्नाटे की आवाज उन आँसुओं में है जो पहाड़ से लुढ़कते हुए तराई के जंगलों से होते हुए मैदानों में रहकर राज करनेवालों तक जाते हैं।"

"क्यों कह रहे हो यह सब? आज तुम्हें क्या हो गया है?"

"हाँ, यह अच्छा है कि हम कविताओं की बातें करते उनकी सुरक्षा में जीवन काट दें।"

“**गाथा,** मैंने तुम्हारी किताब पढ़ ली। जैसा कि मुझे अन्दाज था, तुमने जीवन को पास से बहुत कम देखा है। सिर्फ पढ़ा या सुना है।”

“हो सकता है। छोड़ो, यह बताओ कि तुम्हें कौन सी किताब सबसे ज्यादा पसन्द है?”

“मुक्ति मेरे पास आओ, मैं तुम्हारा दोस्त हूँ।”

“यह किताब का नाम है? लेखक कौन है?”

“प्रमित सान्याल।”

गाथा हँसती है देर तक।

“अच्छा, पहला पन्ना यहाँ भेजो।”

“मुक्ति मुझे वहाँ मिलो

जहाँ नील नदी मुझे बुला रही है

मुक्ति मेरे साथ आओ,

तुम मुझमें बहना, मैं तुममें।”

“अच्छी कविता है! नील नदी तो तुम्हारे आस-पास ही बहती होगी?”

“हाँ, यहीं मेरे गिलास में है।”

“तुम्हारी कल्पना के पंख मजबूत हैं। कभी क्यूबा, कभी नील नदी।”

“मेरे पास जो आर्यों की चमड़ी है, यह उसका जादू है। इसके कारण मैं हर जगह हूँ। नील नदी में दुबारा मरने का सुख तुम कैसे जान सकती हो। वहाँ अस्थियाँ देर तक पानी में तैरती रह सकती हैं।”

“पर तुम मरना ही क्यों चाहोगे? वह भी इतनी दूर? मरना है तो तिस्ता नदी क्या बुरी है? और भी तो नदियाँ हैं, जो तुम्हारे पहाड़ों से निकलकर हमारे पास बंगाल की खाड़ी में गिरती हैं।”

“यही तो तुम नहीं जान सकतीं। तुम्हारा दिमाग एकदम साफ है। तुम्हारे अन्दर

कोई ऊहापोह नहीं। पर जीवन सरल नहीं है। तुम्हें क्या पता? तुमने किसी को देखा है जो अपनी माँ का चेहरा तक नहीं जानता?''

''प्रमित, मुझे समझ में नहीं आता कि तुम कब उबरोगे अपने जन्म के इतिहास से? कब अपने घाव कुरेदना बन्द करोगे?''

''मेरा कविता-पाठ है अगले सप्ताह। यहाँ कविता-समारोह हो रहा है। तुम अगर सुनने आओगी, तो मैं अपने इतिहास पर बात करना छोड़ दूँगा।''

''ठीक है। मैं आऊँगी।''

''**गाथा,** मैं कविता लिखता हूँ, जब मैं बहुत गुस्से में होता हूँ। या फिर तब जब मैं बहुत प्रेम में होता हूँ।''

''तुम्हारे अन्दर दुनिया के प्रति इतना गुस्सा क्यों है? तुम्हारे मन की कटुता कविता में आती है, तो वह अन्दर में कम होती है या बढ़ जाती है?''

''हाँ, मैं एक 'सिनिक' हूँ, जिसे दुनिया के अच्छे होने में यकीन नहीं है। तुम इसे कभी नहीं समझ पाओगी।''

''तुम इससे बाहर आकर क्यों नहीं देखते?''

''मैं कोई साँप नहीं हूँ जो अपनी चमड़ी बदल ले। मैंने अपनी कटुता और चमड़ी दोनों को हमेशा के लिए पहन रखा है।''

''पर क्यों? तुम ईश्वर जैसी किसी चीज को विशुद्ध गणित के तौर पर ही सही, मानते तो हो। तुम्हारे पास तुम्हारे विद्यार्थी हैं। दोस्त हैं। एक लेखक है, जो तुम्हें समझना चाहता है। और क्या चाहिए तुम्हें यकीन करने के लिए कि दुनिया अच्छी ही है?''

''देखो, मेरा डाक्टर बनने की कोशिश मत करो। तुम्हारे पास मेरा इलाज नहीं है। मुझे तर्क और समझदारी की दुनिया का बाशिन्दा बनाने की चेष्टा मत करो। 'लॉजिक'—तर्कबुद्धि मेरे काम का नहीं है।''

"लेकिन हमारा अपने प्रति यह फर्ज है कि हम उसी दुनिया में रहें जहाँ हम चैन से जी सकते हैं। हर समय अपने-आप से लड़ते हुए नहीं।"

"छोड़ो गाथा, एक बात का मुझे वादा करो। तुम मेरे ऊपर कभी कोई किताब नहीं लिखोगी।"

"क्या मैं तुम्हें इतना जानती हूँ कि एक किताब लिखी जा सके तुम पर?"

"कोई कभी किसी के बारे में पूरी तरह नहीं जानता। जान ही नहीं सकता।"

"यह बात बड़ी अजीब है। मेरी बहनें मेरे सामने कोई बात करती हैं, फिर कहती हैं, देखो इसे लिखने के लिए सामग्री मिल गई! मेरी सहेलियाँ मुझसे अपनी बातें करती हैं, फिर कहती हैं, देखो इस बात को कहीं लिख मत देना। मेरी एक रिश्तेदार मुझे अपनी अन्तरंग बातें बताती है, फिर कहती है, अगर लिखो, तो ऐसे लिखना कि कोई समझ न पाए कि मेरे बारे में लिखा है। सवाल यह है कि हर घटना, हर व्यक्ति को कहानी बनाना लेखक के लिए क्या इतना आसान है?"

⬆

"**प्रमित,** मैं तुम्हारी सारी कविताएँ पढ़ना चाहती हूँ।"

"वे तुम्हारे किसी काम की नहीं होंगी। तुम उनके कागज के बॉल बनाकर कूड़ेदान में फेंकती जाओगी। वह थोड़ी देर में भर जाएगा।"

"हम शब्दों की दुनिया के लोग सचमुच किसी के कोई काम के नहीं हैं। शब्द खाए नहीं जा सकते, बिछाए नहीं जा सकते, पहने नहीं जा सकते। अपने आस-पास की दुनिया के लिए मैं भी बिलकुल बेकार हूँ।"

"तुम्हें अगर काम के शब्द चाहिए, तो मैं तुम्हें नींद लाने वाली लोरियाँ और कहानियाँ सुना सकता हूँ। वैसी ही, जैसी वह ऊपर बैठा ईश्वर सुनाता था। अपने मरने के पहले।"

"मरा हुआ ईश्वर? हाँ, अगर कोई ईश्वर न हो, तो जाने नींद कितनी आसान

हो जाए। शायद सचमुच ईश्वर का न होना ही एक मुक्ति होगी।''

''यह पहले से तय था कि तुम्हारा सोच इस मुकाम पर पहुँचे।''

''मतलब? तुम सोचते हो कि कोई हमारे लिए ऊपर बैठा हमारे लिए सारी योजनाएँ बनाकर लिख रखता है?''

''हाँ, ऐसा ही है। ईश्वर को गणित बहुत पसन्द है। अभी तक हमने जीरो यानी शून्य को समझा नहीं है। इस धरती के बनने के पहले क्या था? शून्य? कुछ नहीं? तो फिर शून्य कहाँ से आया था? क्या यह सम्भव है कि कोई दूसरी धरती भी हो? बिलकुल सम्भव है। गणित कहता है कि इसकी पूरी सम्भावना है। अगर एक लट्टू दाएँ से बाएँ घूमता है, तो वह बाएँ से दाएँ भी घूम सकता है। हमारी धरती जब उलटा घूमेगी, तो समय पीछे चला जाएगा। यह बात अलग है कि उसे देखने हम नहीं होंगे।''

''तुम जाने क्या-क्या सोचते हो! स्वर्ग, नरक की कल्पनाएँ ऐसे ही हुई होंगी। कब्र से मुर्दों के उठने की भी!''

''नाम कुछ भी दो। गणित यही कहता है कि दूसरी पृथ्वियाँ भी हैं।''

''**प्रमित,** तुम भूटान से लौट आए? वहाँ क्या तुम्हारे रिश्तेदार हैं?''

''मेरे रिश्तेदार सिर्फ एक ही जगह हैं। चिड़ियाघर में खोज सकती हो उन्हें। नहीं, मेरा कोई रिश्तेदार नहीं है। हाँ, बहुत सारे लोग हैं जिनसे मैं मिलकर हर तरह की बातें कर सकता हूँ। मुझे बम्बई की सड़कों पर एक लड़का मिला था। वह मुझे फिर कभी भूख से बदहाल नहीं होने देगा। वही मेरा रिश्तेदार है।''

''यह जानकर मुझे बहुत खुशी हो रही है।''

''देखो, आकाश ऊपर है और पाताल नीचे। पर एक वृक्ष को उगना होता है नीचे धरती से ही।''

''तुम्हारा मतलब वह लड़का तुम्हारा धरती से उगा रिश्तेदार है?''

"अच्छा इसे छोड़ो। तुम सोचो कि दो रंग हैं। एक काला, एक सफेद। सफेद का अर्थ एक है और काले का अर्थ जीरो। बस समझो कि इन दोनों के बीच ही मनुष्य का जीवन घूमता है। तिलचट्टों की योजनाएँ अलग हैं। कुछ आया समझ में?"

"नहीं।"

"समझो कि हमारा शरीर 'एक नम्बर' है और हम बाहर जो साँस छोड़ते हैं, वह जीरो है—शून्य है। यदि हम दुनिया को देख रहे हैं, तो जाहिर है कि हमें भी कोई देख रहा है और हमारी गिनती कर रहा है। तब हम जो गिन रहे हैं, उसी से एक दूसरी दुनिया सम्भव हो रही है। समझीं?"

"बिलकुल नहीं।"

"असल में तुम्हारी किताब पढ़कर मुझे समझ में आ गया है कि तुम्हारी समझ बहुत तर्कसंगत है। मुश्किल यह है कि तुम्हारे आसपास के लोगों की समझ भी तुम्हारे जैसी ही है।"

कैमरा गाथा को घड़ी देखते हुए देखता है। ढाई घंटे इन्तज़ार करते बीत चुके हैं। फिर वह फोन की तरफ नाउम्मीदी से देखती है। इच्छा हो रही है कि फोन का स्विच बन्द कर दे। अगर प्रमित उसे फोन मिलाए भी, तो मिला न पाए। घर से भी किसी का फोन न आए, तो अच्छा। उसकी आवाज से ही उसके पति उसकी परेशानी भाँप लेते हैं।

अचानक गाथा की निगाह ऊपर लगे कैमरे पर पड़ जाती है। जाने क्यों उसे लगता है कि कोई उसे काफ़ी देर से देख रहा है। फिर इस बेतुके ख़याल पर उसे हँसी आती है। प्रमित ने क्या कहा था एक दिन? कि वह 'मेंटलिस्ट' है यानी कि वह दूर बैठे भी उसे देख सकता है। जैसे कि गाथा इस तरह की बकवास पर यकीन कर लेगी।

"तुम्हें कोई बात समझ में नहीं आती, गाथा तो तुम हाथ क्यों रगड़ने लगती हो।

मैं बहुत देर से देख रहा हूँ। और बताओ, तो तुम्हारे पास यह नीली रंग की चमकती हुई चीज क्या है?''

गाथा का हाथ रुक गया था। वाकई वह अपने बाएँ हाथ से अपनी गरदन के पीछे रगड़ रही थी।

''तुम गलत देख रहे हो। मैं अपनी गरदन रगड़ रही थी। हाथ नहीं। और यह नीली रोशनी तुम्हारे भूत की है।''

बोलते-बोलते गाथा की निगाह इंटरनेट के 'फोटोन' पर पड़ी थी जिसमें नीली रोशनी बीच-बीच में चमकती थी।

''तुम्हारे पास पूरी पाँच किताबें पड़ी हैं।''

''नहीं गलत। पन्द्रह से ज्यादा हैं। बहुत दिनों से किताबें यहाँ मेरी टेबुल पर जमा होती जा रही हैं। तुम क्या कहना चाहते हो? क्या तुम्हारे पास कोई पराप्राकृतिक शक्ति है?''

''...कि खुशी से मर न जाते अगर ऐतबार होता..''

''प्रमित, तुम्हें ग़ालिब पसन्द हैं? तुम हिन्दी जानते हो?''

''नहीं, मैं सिर्फ उर्दू जानता हूँ। मुझे दुनिया में हर तरह का संगीत पसन्द है। मुझे दरअसल यह दुनिया ही बहुत पसन्द है।''

''***मैं*** *न जाने कितनी दूर से*
चलकर आया हूँ
पर देखता हूँ
सिर्फ अपनी कब्र,
जहाँ तुम जार-जार रो रही हो।—

''कैसा लगा यह गीत गाथा?''

''ओह, कितने दुख से भरा है। तुमने लिखा है?''

“यह एक पुराना आरमेनियन गीत है। मेरी विदेशिनी ने मुझे सिखाया था। जब मैंने उसे जाने दिया, तो उसने मुझे यह गीत लिखकर दिया।”

“तुम उसे एक क्षण भी नहीं भूलते न? मैं जानती हूँ कि यह एक बेकार सवाल है। फिर भी।”

“वह अपने सुन्दर देश में खुश है और हमने वादा किया है कि हम एक दिन फिर मिलेंगे। दरअसल हम न जाने कितनी सदियों से एक साथ रहते हैं। वह एक तरह की चिड़िया है। वह उड़ना जानती है।”

“हम्म।”

“तुम हम्म-हम्म बहुत करती हो।”

“कहाँ? पहली बार तो ‘हम्म’ कहा है। तुम्हें उसे जाने नहीं देना चाहिए था। दुनिया में सबको प्रेम का अनुभव नहीं होता। बिना उसे जाने ही लोग मर जाते हैं। तुम्हें हुआ भी और कुछ मिला भी नहीं।”

“प्रेम होता भी है, तो निःस्वार्थ प्रेम का अनुभव किसी को नहीं होता। अक्सर लोग सोचते हैं कि तुम चाहो, तो हम चाहें। असल में हम प्रेम में भी एक तरह का सस्ता सौदा ही करते होते हैं। मैं प्रेम की दुकानदारी नहीं कर सकता।”

⬆

“**प्रमित,** मुझे ऐसे लगता है जैसे मैं तुम्हें न जाने कितने बरसों से जानती हूँ।”

“गाथा, तुम एक लेखक हो। तुमने अपने पात्रों को अपनी किताबों में जनम दिया है। पहले तुम उन्हें चुनती और गढ़ती हो, फिर तुम उनसे प्रेम करने लगती हो।”

गाथा सोच में पड़ जाती है। अपने पिछले उपन्यासों के पात्रों के बारे में सोचती है। उन्हें चुनना और प्रेम करना—क्या यह सचमुच ऐसे घटता है? शायद कौतूहल सबसे पहले होता है। उसके बाद यह विचार आता है कि वे जीवन के कितने और कैसे सच बता सकते हैं। पसन्द और प्रेम—तो भावना के रिश्ते हैं।

क्या गाथा का अपने पात्रों से एक सच्चा भावनात्मक रिश्ता बनता है?

"मुझे इतना पता है प्रमित कि मैं तुम्हारे लिए चिन्ता करती हूँ। यह चाहती हूँ कि तुम खुश रहो।"

"मैं खुश रहता हूँ। हमेशा। तुम मेरी चिन्ता मत करो। ऐसा भी तो हो सकता है कि मैं तुम्हें अपने जीवन की एक ऐसी कहानी बनाकर सुना रहा हूँ, जिससे कि तुम्हारे दिल में मेरे प्रति सहानुभूति जागे। यानी कि एक छोड़ दिया गया अनाथ बच्चा। भूखा, डरा हुआ, बेसहारा बच्चा। किसी तरह बड़ा हुआ और प्रेम कर बैठा। पर फिर भी अकेला ही रह गया।"

"तो क्या तुम मुझे बताने के लिए अपने जीवन की कहानी गढ़ रहे हो?"

"कौन जानता है क्या सच है और क्या झूठ! वैसे तुम्हें क्या लगता है?"

"मुझे लगता है प्रमित कि तुम बिलकुल सच बोल रहे हो। तुम्हारे अन्दर की बेचैनी बाहर आना चाहती है। मैं सिर्फ एक निमित्त हूँ।"

"पर अभी मैंने तुम्हें अपने जीवन की असली कहानी तो सुनाई ही नहीं है।"

"**गाथा,** तुम्हें नींद नहीं आ रही? चलो मैं तुम्हें एक लम्बी कहानी सुनाता हूँ।"

"अरेबियन नाइट्स की सहरजाद की तरह? कभी खत्म न होनेवाली कहानी?"

"...तब उसे पता चला कि वहाँ एक जगह थी, जहाँ हर किसी को जंगल में अकेले जाना होता था। तभी उन्हें कुनबे की सदस्यता मिलती थी। गाँव के सीमांत के बाहर वह जंगल एक अँधेरी भुतहा जगह थी जहाँ बुरी आत्माएँ घूमा करती थीं। शुरू में बारिश के दिनों की बात है कि हरी आँख वाले लड़के को अकेले वहाँ जाने को कहा गया। सारी औरतों ने, जिन्हें उस लड़के से प्रेम था, रो-रोकर आँखें सुजा लीं कि इस दुबले-से लड़के को उस जंगल में भेजा जाएगा, जहाँ सिर्फ आहें गूँजा करती थीं।"

''फिर...''

''बिजली की तड़क से सबसे बहादुर का भी दिल काँप गया था। तभी बारिश के पंख पर किसी ने उसे जंगल की सीमा पर खड़ा कर दिया। जब डर बहुत बढ़ जाता है, तो आदमी अपनी साँस से भी डरता है। लड़का घोंघे की तरह धीरे-धीरे जंगल की तरफ बुरी तरह डरते हुए चला। जंगल दूर से हरा लगता था, पर पास से बिलकुल बैंगनी था।''

''फिर क्या हुआ, आगे लिखो।''

''वह एक डरे हुए खरगोश की तरह उस बैंगनी जंगल की तरफ चला गया।''

''घोंघे से खरगोश की चाल में आकर? फिर क्या हुआ? वैसे मुझे बहुत नींद आ रही है।''

''फिर गाथा आई और मैंने उससे कहा कि हम जंगल में कल जाएँगे। अभी सो जाते हैं। कहानी कल रात पूरी करेंगे।''

''**हैलो,** कैसी हो गाथा?''

''जंगल में जाने का इन्तज़ार कर रही हूँ।''

''हरी आँख वाला लड़का सोच रहा है कि वह जंगल में घुसे या गाँव लौट जाए।''

''प्रमित, तुम्हारी आँखों का रंग हरा है?''

''मैं अपनी कहानी नहीं सुना रहा। तो सुनो, लड़का बहुत भूखा, प्यासा और डरा हुआ था। तभी उसे एक लाल चिड़िया दिखी, जिसकी आँखें नीली थीं और पंख सुनहरे थे। चिड़िया के पीछे वह नदी तक चला गया जहाँ अमृत की तरह मीठे फल थे। चिड़िया किसी जहरीले फल को छू लेती, तो वह भी अपूर्व स्वाद का हो जाता था।''

''फिर क्या हुआ?''

''लड़का बच गया था। वह गाँव वापस लौट आया। उसने अपनी कहानी लोगों को सुना दी। लोग अचम्भित हो गए क्योंकि उन्होंने न ऐसी चिड़िया देखी थी, न उसके बारे में सुना था। उन्होंने सभा बुलाई। उस लड़के पर झूठ बोलने का आरोप लगाया। मजबूर होकर लड़के को उस चिड़िया तक उन लोगों को ले जाना पड़ा। लाल चिड़िया लड़के पर तरस खाकर सामने आ गई और उन्हें भी वे अमृत जैसे फल दिए।''

''वाह! खुदा का शुक्र है!''

''लेकिन कुछ लोगों को लगा कि यदि हम चिड़िया को खा लें, तो शायद हम अमर हो जाएँगे। इसलिए उन्होंने चिड़िया को मारकर खा लिया और उसके सुनहरे पंख आपस में बाँट लिए। जब वे लौटकर गाँव आए, तो उन्होंने देखा, जैसे एक शाप से सबकुछ मिट गया था। उनका घर, परिवार सब गायब हो गए थे। गुस्से से उन्होंने हरी आँख वाले लड़के को फाँसी पर लटका दिया। आज भी उस जंगल में आहें गूँजती हैं और आवाजें फुसफुसाती हैं—तुम्हें इन्तज़ार करना था। तुम्हें इन्तज़ार करना था। काश तुमने इन्तज़ार किया होता। काश तुमने इन्तज़ार किया होता।''

''ओह! कितनी मनहूस कहानी है। अभी मुझे नींद आ रही है। इस पर कल बात करते हैं।''

''**गाथा,** तुम्हें मेरी कहानी पसन्द आई?''

''हाँ, मैं सुनकर सो गई और सारी रात मैंने अजीब सपने देखे। तमाम रंग, बिरंगी चिड़ियोंवाले।''

''तब तो मैं एक अच्छा कहानीकार हूँ। किसी के सपनों तक पहुँच सकता हूँ।''

''मुझे समझ में आ रहा है कि तुम्हें मेरी किताब क्यों बहुत यथार्थपरक लगी होगी!''

''मैं तर्क में, लॉजिक में यकीन नहीं रखता। मुझे लगता है कि तर्कबुद्धि आदमी

को नहीं चलाती। उसे चलानेवाली ऊर्जा अतार्किक है। बेशक तुम्हारी तरह की यथार्थपरक कथा लिखना आसान नहीं है, पर मैं सपनों की दुनिया की कथा लिखना चाहता हूँ।''

''हाँ, हम इन्द्रधनुष के अलग-अलग दो छोरों पर रहते हैं।''

''नहीं, ऐसा नहीं है। बस तुम लोगों को गम्भीर बातों में उलझाना चाहती हो, और मैं उन्हें सुलाना चाहता हूँ। मैंने तुम्हें जो कहानी सुनाई, उससे तुम्हें नींद आ गई थी न? मुश्किल यही है कि दुनिया में लोग जादू में यकीन नहीं कर पाते। अपनी तर्कबुद्धि से उसकी हत्या कर देते हैं।''

''हाँ, लोग जादू देखते भी हैं, तो सोचते हैं कि इसे कैसे भुनाकर फायदा उठाया जाय। इसीलिए जादू खो जाता है।''

''देखो गाथा, यह ऐसा है जैसे एक मरते हुए आदमी को नारंगी की हल्की मीठी खुशबू आ जाए। क्या यह जादू नहीं है? हो सकता है लोग मेरी कविताओं का मजाक बनाएँ। यह कहें कि इनमें कुछ भी विचार की गहराई या जीवन का सन्दर्भ नहीं है। देखो मैंने भयंकर भूख झेली है, भयंकर प्यास झेली है, पर फिर भी मैंने सपने में खाना देखा है, पानी और हवा देखी है जो जादू की तरह तुम्हें बचा लेती है।''

''तुम्हारा मतलब है कि एक भूख से मरता आदमी जीवन की यही सच्चाई ही बयान करता रह जाए, तो वह जादू को नहीं जान पाएगा?''

''बिलकुल। अब तुम मेरी बातें समझने लगी हो।''

''**मैं** सच कहता हूँ गाथा, मैं नहीं चाहता कि तुम्हें अपनी बेवकूफाना कविताओं और कहानियों से परेशान करूँ। कोई जरूरी नहीं कि तुम उनके बारे में सोचो या कि मुझसे बातें करो उनके बारे में।''

''तुम क्या मेरी आलोचना से बचने के लिए खुद ही अपने को बेवकूफ कह रहे हो? जिससे कि मैं कहूँ—अरे नहीं, नहीं। तुम्हारी कविताओं-कहानियों में

बहुत दम है। तुम्हें सांत्वना चाहिए?"

"तुम्हारी बात का एक ही जवाब है मेरे पास। मुझे बीयर के साथ तली हुए मछली खाना अब भी बहुत पसन्द है। वैसे मेरी कहानियाँ आम लोगों के बारे में होंगी, जो नायक नहीं कहे जा सकते। प्रतिनायक, अनायक—ऐसा ही कुछ कहना होगा उन्हें।"

"अच्छा, तो मैंने तुम्हें जो किताब भेजी, उसका नायक तुम्हें 'हीरो' जैसा लगा था? सड़कों पर भटकनेवाला अधेड़ पागल सा आदमी क्या हीरो जैसा होता है?"

"वह तो तुम्हारी चालाकी भी हो सकती है। जब राजकपूर ने अपने को एंटी-हीरो की तरह दिखाया था, तो असल में तो वह हीरो ही बन रहा था। अमिताभ बच्चन कुली के रूप में आया था, तो क्या वह हीरो नहीं था?"

"हाँ ठीक है। पर मेरे उपन्यास का नायक कोई जोकर या सर्वहारा वर्ग का नहीं है। वह एक मध्यवर्ग से आया हुआ चरित्र है, जिसके मध्यवर्गीय सपने हैं जैसे कि एक पुराने मकान की मरम्मत करवाकर उसे मॉडर्न बनवाना।"

"तुम एक 'टिपिकल' भारतीय लेखक की तरह व्यवहार कर रही हो। अपनी सफाई देने की कोई जरूरत नहीं है।"

⬆

"**गाथा,** मुझे लग रहा है कि हम चीजों को आपस में उलझाकर देख रहे हैं। देखो, तुम्हारा उपन्यास बहुत अच्छा है। मैं तो तुम्हारी तरह अपने को एक लेखक भी नहीं कह सकता।"

"प्रमित, यह ठीक नहीं है। लेखक तो तुम हो ही। चाहे लिखो या न लिखो। तुम्हारा लिखा छपे या न छपे।"

"मैं बस तुमसे इतना ही कहना चाह रहा था कि मैं सिर्फ मैं होना चाहता हूँ। हो सकता है मैं कभी इस बारे में लिखूँ ही नहीं। या शायद मुझे लिखना भी नहीं चाहिए।"

''अरे नहीं, नहीं। तुम्हें बिलकुल लिखना चाहिए। तुम्हारे अ-नायक, प्रतिनायक दुनिया में आने चाहिए।''

''मैं लिख लेता अगर मेरे पास एक अच्छी टाइपिस्ट सेक्रेटरी होती। मैं जो सोचता, वह टाइप कर देती। बिलकुल आसमान के रंग की तरह का मेरा लेखन होता, जो हर समय बदलता रहता।''

''अगर तुम मेरे बारे में सोच रहे हो, तो तुम्हें बताना चाहूँगी कि मैं टाइप नहीं करती। कागज-कलम से लिखती हूँ।''

''ओह! अच्छा दस हजार रुपए महीने में तुम्हारा काम चल जाएगा? कॉफ़ी मुफ्त में मिलेगी। खाने का अभी कह नहीं सकता।''

''खाए बिना कोई कैसे लिखेगा तुम्हारी बातें?''

''खाने का बन्दोबस्त तो मेरे बूते के बाहर होगा। हाँ, मेरी सुन्दर सेक्रेटरी मेरी रसोई में मुफ्त में खाना बना सकती है।''

''कौन? तुम्हारी सेक्रेटरी? सुन्दर भी होनी चाहिए?''

''तुम्हारे पास है कोई ऐसी? हाँ, सुन्दर तो होनी चाहिए। मेरी चाय कोई भूतनी लेकर आए, तो मेरे शब्द कैसे निकलेंगे?''

गाथा हँसती है। देर तक। लेखक को हँसना आना चाहिए।

↑

''**अच्छा** गाथा, समय के बारे में तुम क्या सोचती हो?''

''मेरी कथा में समय?''

''हाँ, क्या वहाँ समय भूखा था?''

''अरे, तुम तो समय के बारे में ऐसे बात करते हो, जैसे समय कोई जिन्दा चीज है!''

''बिलकुल! इसके अलावा समय की कल्पना करने की भूल मत करो। तुमने

टॉलस्टॉय की कहानी 'खोलस्टोमर : एक घोड़े की कहानी' पढ़ी है? इसे पढ़ो—'आकाश ऊँचा और ऊँचा होता गया। भोर का रंग दूर-दूर तक फैलता गया। ओस की हल्की रुपहली बूँदें सफेद होती गईं। आकाश में टेढ़ा चाँद मुरझाता गया। जंगल और मुखर होता गया। लोग उठने लगे। मालिक के अस्तबल में निश्वास छोड़ने की, सूखे पत्तों के खड़खड़ाने की और घोड़ों के तीव्र हिनहिनाने की आवाजें गूँजने लगीं और किसी बात पर असहमति की ध्वनि बढ़ गई।'—देखा तुमने? जैसे जगह बदली, वैसे ही समय भी बदल रहा है।''

''मतलब पहले आकाश की जगह थी, फिर अस्तबल की। हाँ, समय तो धीरे-धीरे बढ़ ही रहा है। पर लेखन में तो यह गति रहती ही है। एक घटना से दूसरी घटना का समय एक स्थान से दूसरे स्थान की गति—यह तो होता ही है।''

''हाँ, वह बिन्दु देखो जिस पर समय स्थान से मिलता है और फिर बिछुड़ जाता है।''

''पर यह तो होता ही रहता है।''

''मैं क्या तुमसे हर समय बात नहीं करता रहता हूँ? आई बात समझ में?''

''हाँ, कुछ-कुछ। अच्छा छोड़ो, परसों तो मैं तुमसे मिल ही रही हूँ। तब शायद ज्यादा समझ सकूँगी। मुझे लेने एयरपोर्ट सही समय पर सही स्थान पर पहुँच जाना। मुझे लेटलतीफ़ लोगों से बहुत चिढ़ है।''

''लेकिन मुझे नहीं है। अच्छा, अब तक मैंने तुम्हारी आवाज़ ही नहीं सुनी है। अपना फ़ोन नम्बर तो दो। मैं मिलाता हूँ।''

भाग–2

गाथा ने वापस लौटने का टिकट खरीद लिया है। पूरे सात घंटे के इन्तज़ार के बाद। छोटे से एयरपोर्ट पर सब उसे जैसे जान गए हैं। टिकट काउंटर पर बैठे आदमी को भी शायद उसके लम्बे इन्तज़ार की खबर है, इसीलिए वह उसे टिकट देते समय कुछ गौर से देखता है। गाथा ने कलकत्ता सूचना दे दी है, अपने लौटने की। प्रोग्राम कैंसिल हो गया है, किसी की मृत्यु होने के कारण।

गाथा को इस तरह का झूठ बोलते हुए एक क्षण के लिए बुरी तरह डर लगता है। कौन जाने सचमुच प्रमित सान्याल इस दुनिया में ही न हो। उसका दिल एक अज्ञात दुख से भर जाता है। यह सिर्फ वही जान सकती है कि किसी अनजान अनदेखे व्यक्ति के लिए वह इतने गहरे समुद्र में कैसे उतर सकती है। किसी को बता नहीं सकती। कोई कैसे समझेगा? प्रमित ने उसे अन्तिम कविता अंगरेजी के कवि येट्स की भेजी थी—

जब तुम बूढ़ी हो जाओगी
नींद जब-तब तुम्हें ले जाएगी दूर
तब तुम इस किताब को निकाल
धीरे-धीरे पढ़ना
और सपने देखना अपनी आँखों के
जब उनमें कैसी नरमी और गहरी छायाएँ थीं
कितने लोगों ने तब उनमें अपने को खोजा था
और तुम्हारे सौंदर्य से सच्चा-झूठा प्रेम किया था :
पर एक था जिसने तुम्हारी
तीर्थ करती आत्मा से,

तुम्हारे बदलते चेहरे के दुखों से,
सिर्फ सच्चा प्रेम किया था।"
उसके बाद प्रमित ने जोड़ा था—
"चलो हम कुछ साँसें साथ ले लें
क्या पता फिर कभी वक्त न हो।

गाथा अपनी आँखों में चली आई हलकी-सी पानी की परत को हटाने के लिए आँखें झपकती है। उसकी आँखों को इसकी आदत नहीं है। बचपन में पिता ने कहा था कि उन्हें औरतों के रोने से बहुत चिढ़ है। तभी से आँखों को न पनियाने की आदत पड़ गई। अचानक देखती है कि मोबाइल पर दस-बारह ई-मेल एक साथ चली आई हैं। इसका मतलब है कि एयरपोर्ट पर इंटरनेट कनेक्शन सही नहीं था। अब ठीक होने पर ई-मेल आ रही है। देखने के लिए खोलते समय तुरन्त उसे आभास हो जाता है कि ई-मेल प्रमित का ही होगा।

"आय एम वैरी सॉरी गाथा! मैं तुम्हें एयरपोर्ट पर लेने नहीं आ सकता। तुम्हें मुझसे बिना मिले ही कलकत्ता लौट जाना होगा। मुझे पता है तुम बहुत नाराज होगी। पर मैं तुम्हें नाराज करने के डर से अपने और तुम्हारे जीवन को खतरे में नहीं डाल सकता।"

गाथा का दिल एकदम बैठ जाता है। एक क्षण में उसका दिमाग न जाने कितनी बातें सोच लेता है, समझ लेता है और खतरे की घंटियों को सुन लेता है। ओ माइ गॉड! ऐसा कैसे हो सकता है? किसी को पहचानने में इतनी भूल वह कैसे कर सकती है? वह बुरी तरह धड़कते हुए दिल और काँपती अँगुलियों से सिर्फ एक पंक्ति भेजती है।

"क्या तुम किन्हीं खतरनाक लोगों के साथ काम करते हो?"

"हाँ। मुझे बन्दूक चलाने की ट्रेनिंग मिली है।" जवाब तुरन्त आता है।

गाथा पूरी बोतल गटागट पी जाती है। उसका मुँह सूख गया है और जीभ जैसे काठ की हो गई है। सचमुच मुहावरे ऐसे ही नहीं बनते। उसके पैर के तलुवों से भय की लहरें ऊपर उठ रही हैं। अगर वह खड़ी हो जाय, तो शायद गिर पड़ेगी।

''तुम्हारा नाम क्या है? प्रमित सान्याल या कुछ और?''—गाथा को जानना ही है। इस तरह इस बात को यहीं छोड़ा नहीं जा सकता।

''मेरा नाम प्रमित ही है। बाकी पहचान मैंने उस प्रमित साहा से ले ली थी जो तुम्हारे साथ बैठा था, दिल्ली जाते हुए। मैं कहीं पढ़ाता नहीं हूँ। न कवियों के सम्मेलन में जाता हूँ।''

गाथा की आँखें अनायास सामने लगे कैमरे की ओर उठ जाती हैं।

''अच्छा, तो वे कविताएँ भी तुम्हारी नहीं थीं?''

''मेरी ही थीं।''

''तुम्हारी उम्र कितनी है?''

''तुम्हारे बेटे से कम। झूठ नहीं लिखा था मैंने।''

गाथा के अन्दर भयंकर गुस्सा उठता है, पर अन्दर साथ-साथ कुछ और भी बहने लगा है। एक अनाथ भटका हुआ बच्चा है यह। उसे याद आता है कि एक बार प्रमित ने लिखा था कुछ ऐसा—कि यह सन्नाटा उन आँसुओं का है जो पहाड़ से मैदानों की तरफ जाते हैं।

''बन्दूक से क्या होता है? सारी समस्याएँ सुलझ जाती हैं?''

''गाथा, जब हम एक बाघ पर सवार होते हैं, बन्दूक हमारा तकिया बन जाती है।''

"**गाथा,** सच तो यह है कि तुम जीवन को बिलकुल नहीं जानतीं। लो, यह मेरी सबसे प्रिय कविता पढ़ो—कबीरु के लिए

कबीरु मैंने कहा था न तुमसे
गरमी में इतना मत पियो,
कबीरु मैंने कहा था न तुमसे
उदासी का निश्वास मत छोड़ो
जब तुम नाइन एमएम चला रहे हो,
मैंने कहा था निशाना चूक जाएगा
कबीरु मैंने कहा था शिकार मत छोड़ो
तुम्हारे सीने को छलनी बना देंगे वे।"

"कौन है यह कबीरु? तुम्हारा उससे क्या रिश्ता था? दोस्त था?"

"पता नहीं वह कौन था। मेरी टूटी-फूटी स्मृति के एक क्षण का एक टुकड़ा था। हारी हुई लड़ाई की स्मृति का। वह लड़ाई जो हमें मारनेवालों और हमारे बीच लड़ी जा रही थी; हम जो जीना चाहते थे।"

"तुम्हारी हर बात के न जाने कितने अर्थ निकलते हैं।"

"ऐसा लगता है कि अब तुम्हें मेरी किसी बात का विश्वास नहीं होगा। शायद तुम यह भी नहीं मानोगी कि एक गोली चमड़ी को भेद कर अन्दर चली जाती है।"

"वाह! तुम्हें अब भी लग रहा है कि मुझे तुम पर, तुम्हारी बातों पर विश्वास करना चाहिए?"

"अच्छा है तुम्हारे लिए कि तुम कभी न जानो कि अविश्वास कैसे तुम्हारे हृदय पर कब्जा कर तुम्हें किस कदर आतंकित कर सकता है। तुम यह बिना जाने एक अच्छी लेखक बनी रह सकती हो।"

"और तुम? तुम लेखक नहीं बनोगे?"

"मैं लिखूँगा, तो वह जेल के संस्मरण जैसा लेखन होगा।"

''**प्रमित,** कहीं तुम भटक तो नहीं गए हो? किस बात पर इतने गुस्सा हो तुम? कहीं तुम कल्पना के संसार में तो नहीं घूम रहे, जहाँ सच और झूठ का फर्क न कर पाओ।''

''गाथा, कुछ कल्पना नहीं है। जो है वह यहीं है। ऐसा ही है। मैं चाहता तो तुम्हें लेने अपने किसी साथी को भेज सकता था। मेरे साथी मेरे लिए कुछ भी कर सकते हैं। वे मेरे पागलपन के लिए मेरी पूजा करते हैं।''

''तुम्हारे साथी? बन्दूक वाले या साहित्य वाले?''

''हाँ, हम बन्दूक के साथी हैं, पर उसके बाद विशुद्ध साहित्य बहता है। हम बन्दूकों से कविताएँ लिखते हैं। हम शिकार बन गए हैं, शिकारियों के। इसलिए हम उनका शिकार करते हैं।''

''प्रमित, छोड़ दो यह सब। तुम इसके लिए नहीं बने हो। तुम से प्रार्थना है मेरी।''

''प्रार्थना? वह तो ईश्वर से की जाती है। मैं तो सिर्फ धूल से भरा एक बोरा हूँ। मैं किससे प्रार्थना करूँ? क्या तुम्हारे अन्दर का लेखक एक ऐसे आदमी की कल्पना कर सकता है जिसने अपनी माँ को देखा तक न हो, पर फिर भी वह अपने घावों की कोई परवाह न करे?''

''प्रमित, हम सबके अपने-अपने घाव हैं। पर हम फिर भी जिन्दा रहते हैं और दूसरों को जिन्दा रहने देते हैं।''

''देखो गाथा, जब ग्रेनेड फटा, तो उससे मरनेवाले के साथ मेरे अन्दर कुछ मर गया। वह मटन चॉप जैसा लग रहा था। वे लोग रोज मटन चॉप खा रहे हैं। सोच कर देखो। कल्पना करो कि वह अभी तुम्हारे पास में पड़ा है। मटन चॉप बना हुआ आदमी।''

''**तुम** अपने जीवन के कौन-से घावों की बार-बार बात करती हो गाथा, मैं नहीं जानता। जानना भी नहीं चाहता। तुमने कभी एक मजबूत जवान आदमी को देखा है, जिसे मोर्टार के हमले से लकवा मार गया हो? मैंने देखा है। इसलिए मैं जानना नहीं चाहता कि तुम किसे दुख कहती हो।''

''क्या यह दुख अपने आप बुलाया हुआ नहीं है?''

''तुम लोगों के लिए यह कहना आसान है। मैं भूटान के जंगलों में रास्ता भूल गया था और सात दिन सिर्फ पत्तों पर पड़ी ओस की बूँदों पर जीवित रहा था। तुमने देखा है ऐसा कष्ट?''

''प्रमित, तुम अपना रास्ता बदल लो। मैं सिर्फ यही कह सकती हूँ।''

''तुम्हें पता होना चाहिए कि मैं कब्रगाह में सोता रहा हूँ। वहाँ गाँव के लोग मुझे अवधूत कहते थे। अवधूत को सब कुछ मालूम होता है। भूत, भविष्य सब कुछ।''

''तो तुम ही बताओ कि क्या एक सुन्दर भविष्य तुम्हारे रास्ते से गढ़ा जाएगा? तुमने अपनी माँ को नहीं देखा। वह तुम्हें ऐसा करते देखती तो? कोई माँ चाहेगी कि उसका बच्चा इस तरह की मौत मरे?''

''तुम मेरी चिन्ता मत करो। एक बार मेरे सिर के पास से न जाने कितनी गोलियाँ चली गईं। मेरे सिर में सिर्फ कुछ टाँके लगाने पड़े। न मैं मरा, न मेरे दिमाग को चोट पहुँची। बस थोड़ा-सा दर्द हुआ।''

''तुम बताना चाह रहे हो कि तुम्हें पता है कि तुम्हारी मौत गोली-बारूद से नहीं होगी?''

''**गाथा,** मुझे नहीं पता कि मैं तुम्हें क्यों यह सब बता रहा हूँ। मुझे लगता है

कि मैं तुमसे अपने सारे दु:स्वप्न और सारा प्रेम साझा कर लेना चाहता हूँ। पता नहीं क्यों?''

''प्रमित, मुझे नहीं पता, तुम्हारे साथी कैसे लोग हैं। वे क्या सोचते हैं, क्या चाहते हैं। पर तुम उनके साथ क्यों हो, मैं यह जानना चाहती हूँ।''

''मैं उनके साथ हूँ जो सड़ी-गली व्यवस्था को चुनौती देते हैं। भले ही वे क्यूबा में हों। मैं उनके दर्द का अनुभव करता हूँ। किसी की मौत यूँ ही व्यर्थ नहीं जानी चाहिए।''

''क्यूबा? क्यूबा तो बहुत दूर है।''

''नहीं, क्यूबा दूर नहीं है। बर्मा तो बिलकुल दूर नहीं है। हाँ, मैं गया हूँ सब जगह। कल्पना में या असल में, यह मत पूछो। दुनिया में ऐसे लोग हर जगह फैले हैं जिनके पास अपने शिकारियों को बन्दूक से ललकारने के अलावा कोई रास्ता नहीं है। सदियों से रोज पैर से कुचले जाते ये लोग मेरे साथी हैं। मैं अपने हर रोम में उनके दर्द को महसूस कर सकता हूँ।''

''तुम दुनिया को बदल डालोगे इस तरह? कितने दिनों में? अपने जीवनकाल में?''

''गाथा, तुम तो ऐसे बात कर रही हो जैसे आटा-दाल-मंजन-साबुन की दुकान में खड़ा आदमी पूछता है कि इस उत्पादन का 'एक्सपायरी डेट' क्या है? कब तक इसका व्यवहार किया जा सकता है?''

''**प्रमित,** तुम्हारा अजेंडा क्या है?''

''बहुत सीधी बात है। हमें उनकी चेहरों की क्रूर हँसी को हटाना है। उसकी जगह बदलनी है। तभी हमारे चेहरों की हँसी लौट सकती है।''

''वे कौन हैं? हम कौन हैं?''

''वह मैं हूँ जो आरमेनिया में आधा मर गया था और आधा भूटान में मार दिया

गया था।''

''तुम आरमेनिया गए थे? क्या करने?''

''वह मैं हूँ जो चीन में पड़ा एक खूबसूरत मुर्दा है।''

''ओह, छोड़ दो ऐसी बातें। तुम्हारी पहेलियाँ सुनने मैं इतनी दूर नहीं आई थी। तुम अपनी बन्दूक के साथ रहो। बेहतर होगा कि हम भूल जाएँ कि हमारी कभी पहचान हुई थी।''

''बन्दूक? बन्दूक के साथ मैं नहीं रहता। बन्दूक पर भरोसा नहीं किया जा सकता। वह हमेशा धोखा देती है। तुम्हारे हाथ मजबूत होने चाहिए और तुम्हारे शरीर में दर्द सहने की क्षमता होनी चाहिए। और मौत? उससे बिलकुल डरना नहीं है।''

''तुम मुझे क्यों बता रहे हो यह सब? मुझे क्या तुम्हारे साथ भरती होना है?''

''यह कोई कहानी या कविता लिखने जैसा नहीं है। वे तुम्हें मारने की कोशिश करेंगे। बचने के लिए तुम्हें उन्हें मारना ही होगा।''

''बन्द करो यह सब। प्लीज़। मुझे तुम्हारी बातों में कोई दिलचस्पी नहीं है। तुम्हें जितना जान लिया, काफी है।''

गाथा मोबाइल बन्द कर पर्स में डाल लेती है। उफ्, वक्त कैसे धीरे-धीरे चल रहा है। कब घर पहुँचेगी वह!

गाथा भीतर तक एकदम सुन्न है। कहाँ फँस गई वह? इस तरह एक अनजान व्यक्ति पर भरोसा कर उससे मिलने आई, और वह क्या निकला? सचमुच यह दुनिया बिलकुल बदल गई है। खून-खराबा, मार-काट, बम-बन्दूक या कि ऐसी बातें जीवन के इतने करीब पहुँच जाएँगी, कभी सोचा ही नहीं था। कभी एक चींटी भी मारी हो, याद नहीं आता। और यहाँ आदमी के द्वारा आदमी को मारने की, मटन चॉप बनाने की बातें हैं। यदि प्रमित जैसे पढ़े-लिखे, कल्पनाशील

व्यक्ति को कोई फुसला सकता है—कोई यानी कोई भी विचारधारा या तर्क—तो दुनिया में कोई भी किसी को हिंसक बना सकता है।

क्या प्रमित अपनी चमड़ी से मुक्त होने के लिए यह सब कर रहा है? वह उन लोगों के साथ इसलिए है क्योंकि उसकी जरूरत है कि वह उन लोगों को यकीन दिला दे कि वह वाकई उनमें से ही एक है? गाथा का मन अचानक एक उम्मीद से भर गया। हो सकता है। बिलकुल हो सकता है। स्मृति की तह से पुरानी बातें निकल आती हैं।

''गाथा, जब मैं अपने को शीशे में देखता हूँ, तो मेरे जैसे परखच्चे उड़ जाते हैं। जो दिखता है, वह मैं नहीं होना चाहता।''

''प्रमित, मैं एक बार साउथ अफ्रीका के एक काले लेखक से मिली थी। वह इतना हँसमुख और जिन्दादिल व्यक्ति था। हमेशा गोरे लेखकों से मज़ाक़ करता रहता। उसने मुझे कहा था कि मैं अपनी नस्ल के लोगों को हमेशा कहता हूँ कि तुम अपनी चमड़ी में रहना सीख लो। उससे दूर मत भागो।''

''वाह! बिलकुल सही। बहुत गहरी बात है।''

गाथा ने फिर पर्स से फोन निकाल लिया।

''**प्रमित,** तुम समझते क्यों नहीं? एक दुनिया है जो तर्क और समझदारी से चलती है और दुनिया को बदलने के लिए इन्हें साधन मानकर चलती है।''

''हाँ, तुम ठीक कहती हो। मेरी आदत सी है कि मैं उस समझदार दुनिया से एकदम गायब हो जाता हूँ। या कहूँ कि वह दुनिया मेरे लिए ओझल हो जाती है।''

''प्रमित, तुमने मुझसे अपने इतने अच्छे-बुरे सपने बाँटे हैं। मैं तुम्हारी मदद करना चाहती हूँ।''

''तो फिर मुझसे वादा करो कि तुम मुझ पर कभी कोई किताब नहीं लिखोगी।''

"किन्तु मेरे दिमाग में एक किताब आती है जिसमें दो लेखक हैं। एक-दूसरे से बिलकुल अलग। भाषा, समझ, कल्पना हर तरह से कहीं कोई मेल नहीं। पर वे एक-दूसरे को जानना चाहते हैं। बल्कि एक-दूसरे को ऐसे जानते हैं जैसे न जाने उनमें कितना पुराना रिश्ता हो।"

"तो तुम क्या मुझे पिछली शताब्दियों में नहीं जानती थीं? याद करो, जब तुम्हारी स्कूल की बस पहली बार छूट गई थी और तुम रो पड़ी थीं, तो मैं वहाँ था कि नहीं?"

"उफ्! तुम और तुम्हारी अनोखी बातें! प्रमित, तुम यह नए प्रमित नहीं हो। तुम वही पुराने प्रमित हो, जिससे मिलने मैं आई थी। इतना ही नहीं, तुम मेरे नए पात्र हो। तुमने कहा था न कि मैं अपने पात्रों से प्रेम करने लगती हूँ।"

"अच्छा, तो चलो, मैं तुम्हारे उपन्यास की पहली पंक्ति तुम्हें लिखवाता हूँ। — उसने कबीरु को कहा था कि तुम लेट जाओ। मैंने कुछ बहुत तेजी से पास आते सुना है। पर कबीरु नहीं माना। वह हँसा। उसने कहा, तुम सोचते हो कि तुम भविष्य को सुन लेते हो? यही उसके अन्तिम शब्द थे। वह आवाज़ बन्दूक़ की गोली की थी।"

"**लिखोगी** जैसे मैंने लिखवाया?"

"नहीं।"

"बात यह है गाथा कि इस दुनिया में ताकत का जो ढाँचा है, वह पहले तुम्हें उम्मीद देता है कि वह सब कुछ ठीक कर देगा। फिर उसके बाद वह तुम्हें अपने गोले-बारूद-बन्दूक की ताकत से डराता है। तुम उसके सामने कुछ नहीं हो। वह सिर्फ बन्दूक की भाषा जानता है। इसलिए तुम्हें उसी भाषा को अपनाना पड़ता है। क्यूबा में चे गुवेरा ने बन्दूक क्यों उठाई थी? बताओ।"

"प्रमित, मैं कई पुराने नक्सल लोगों को जानती हूँ। वे कहते हैं कि हिंसा का रास्ता खुद को ही खा जाता है। मैंने अपने पिछले उपन्यासों के लिए उनसे

बातचीत की है। इसलिए तुम्हें असलियत बता सकती हूँ। वे कहते हैं कि उन्हें जितना पुलिस की गोली से मरने का डर था, उतना ही अपने साथियों की गोली से मरने का। हिंसा से सिर्फ अविश्वास, शक और ज्यादा हिंसा ही पैदा हो सकती है।''

''अच्छा, तुमने नक्सलियों पर किताबें लिखी हैं? उन्हें पात्र बनाया है? तो क्या तुम उनके साथ थीं, जब वे गोलियों के सामने थे?''

''अरे, तब तो मैं सिर्फ आठ-दस साल की थी। यह उन्नीस सौ सत्तर के आस-पास की बात है।''

''ओह, तो तुम सिर्फ बातें करके किताबें लिख लेती हो? अपने घर की सुरक्षा में बैठकर?''

''हर कोई अरुंधती राय नहीं हो सकती। तुमने दाँतेवाड़ा के जंगलों में घूमते हुए उसका लेख पढ़ा है?''

''नहीं। मुझे वह बहुत दयनीय लगती है। वह आधुनिक होने का नाटक करती है, पर वह है मूलतः रोमांटिक। वह भाषा के झाग बनाती रहती है।''

''तुम भी रोमांटिक ही हो। चाहे मानो या न मानो।''

⬆

''**शेक्सपियर** का 'हैमलेट' पढ़ा है तुमने, गाथा?''

''हाँ, पढ़ा तो है।''

''डेनमार्क एक जेल है।''

''तब तो सारी दुनिया ही एक बड़ी जेल है।''

''हाँ, एक बहुत बड़ी जेल जिसमें बहुत-सी अँधेरी कोठरियाँ और अंधे तहखाने हैं, पर डेनमार्क सबसे खराब जेल है।...पर शायद तुम्हारे लिए नहीं गाथा। दरअसल सचमुच अच्छा या बुरा कुछ नहीं होता। जैसा हम सोचते हैं, वैसा ही

दिखता है। पर मेरे लिए डेनमार्क एक जेल है।''

''प्रमित, तुमने साहित्य पढ़ा है और उससे सारे वे जुमले ले लिए हैं, जो तुम्हें अपने रास्ते को सही बताने में मदद करते हैं। अगर हम जेल में हैं, तो जेलर या राजा को तलवार से मारने की जरूरत आज नहीं है। हमारे पास वोट हैं राजा को बदलने के लिए। हमारे पास संविधान है। प्रजातंत्र है।''

''गाथा, तुम सपनों की दुनिया में रहने के लिए स्वतंत्र हो। उसी दुनिया में रहकर उसी के बारे में लिखती रहो। वही दुनिया तुम्हें पुरस्कार भी देगी। मुझे खाली बुरे सपने सताते हैं। अगर तुम भी हैमलेट पर जासूसी करने भेजे गए उसके मित्र की तरह कहती हो, कि मेरे बुरे सपने मेरी महत्त्वाकांक्षा के कारण हैं और महत्त्वाकांक्षा सिर्फ सपने की छाया-भर है, तो मुझे आश्चर्य नहीं होगा।''

''प्रमित, मैं यह नहीं कह रही कि जो हो रहा है, वह सब ठीक हो रहा है। पर अपने को इस तरह नष्ट मत करो। यह तुम्हारा रास्ता नहीं हो सकता।''

''गाथा''

''बोलो। क्या बोलना है?''

''एक कविता पढ़ाना चाहता हूँ—

दुनिया के तमाम लेखको
कहना चाहता हूँ मैं
तुममें हिम्मत है लिखने की
पर जानते हो साँस लेना?
या मेरी छिपकली की तरह सिर्फ घात लगाना जानते हो?
तुम मेरी असीम धीरजवाली
मकड़ी की तरह चुप क्यों हो?
मत लिखो
मत लिखो

मत लिखो
यदि तुमने नहीं जाना
कब्र के अन्दर के सन्नाटे को।''

''प्रमित, मुझे नहीं लगता कि हम एक-दूसरे को समझ सकते हैं या समझा सकते हैं। हम अलविदा कर लें हमेशा के लिए, यही बेहतर होगा। तुम्हारी और मेरी दुनिया के बीच अन्तहीन फासला है। काश कि तुमने मुझे पहले ही यह सब बता दिया होता। तुम जैसे चाहो, रहो। खुश रहना। तुम्हारे रास्ते पर चलकर जो पाना चाहते हो, ईश्वर करे तुम्हें वह मिल जाए। आमीन।''

''गाथा, ऐसे अलविदा तो मरने के बाद किया जाता है। मेरे कारण अगर तुम्हें कष्ट पहुँचा है, तो उसके लिए तुमसे ज्यादा आहत हूँ। पर मैं कबीरु के साथ दगाबाजी नहीं कर सकता।''

⬆

गाथा फोन बन्द करते-करते रुक जाती है। हवाईजहाज में बोर्डिंग अभी तक शुरू नहीं हुई है। कुछ देर और सही।

''प्रमित, कबीरु कौन था?''

''कबीरु एक ऐसा दोस्त था, जो कुछ करना चाहता था। यानी सिर्फ कविता लिखना नहीं, कुछ करना। शरीर से। असल में कुछ करना।''

''मुझे उसके बारे में बताओ।''

''नहीं, मैं नहीं बता सकता। बस इतना बता सकता हूँ कि वह मेरे बिलकुल बगल में मरा हुआ पड़ा था। मैं बहुत मुश्किल से उसके भारी शरीर को घसीट कर ले गया। उसके अन्तिम शब्द तो मैं तुम्हें बता चुका हूँ।''

''इतना काफी नहीं है जानना। तुम्हें क्या लगता है कि इस तरह कच्ची उम्र में अपने जीवन को बिना जीये मर जाना सही है? तुम उससे दगाबाजी नहीं कर सकते, इस बात का क्या मतलब है? तुम उसी की तरह समय के पहले दफ़न

हो जाओगे, तभी तुम्हारी दोस्ती असली कही जाएगी?''

''मुझे उस पर तरस नहीं आता। मुझे अपने पर तरस आता है।''

''तुम एकदम बकवास कर रहे हो। तुम्हारी क्रान्तिकारिता फ़िल्मी भावुकता के स्तर की है। तुम्हें लग रहा है कि वह मर गया और तुम जिन्दा रह गए। इसलिए तुम्हें ग्लानि का अनुभव हो रहा है? मरने से ही तुम्हारे जीवन का मकसद पूरा होना है? तो जाओ, कौन रोक सकता है तुम्हें?''

''तुम रोक सकती थीं गाथा। पर तुम तो जा रही हो। तुमने अपने लौटने की टिकट कटा ली?''

गाथा जवाब में कुछ नहीं लिखती। समय बहुत धीमे बीत रहा है।

''**देखो** गाथा, हमने यानी कबीरु और मैंने तब जवानी में कदम रखा ही था। हम उन मूर्खों से नफरत करते थे जो हम पर शासन कर रहे थे। वे मूर्ख ही नहीं, भ्रष्टाचारी भी थे। मुनाफ़ाख़ोर! मुर्दों से या अधमरे लोगों से मुनाफ़ा खाने वाले। बाढ़ से घिरे पानी के लिए तरस रहे लोगों को लूटनेवाले। उन लोगों के कष्टों के प्रति यह मेरा प्रेम था, जो मुझे उनके पास ले गया। नहीं सच पूछो तो प्रेम नहीं, उनकी तकलीफों के कारणों की समझ मुझे उनके पास ले गई।''

''या फिर तुम कहीं यह तो प्रमाणित नहीं करना चाहते थे कि तुम उन्हीं सताए हुए लोगों में से एक हो—भले ही तुम्हारी चमड़ी का रंग कुछ अलग है। अपना जीवन दाँव पर लगा देने से बड़ा प्रमाण और तुम क्या दे सकते थे कि तुममें और उनमें कोई फ़र्क़ नहीं है?''

''मुझे किसी को कोई प्रमाण देने की जरूरत नहीं है गाथा। मैंने साबित कर दिया है कि मैं एक मरी हुई लाश के साथ, नहीं, एक मरते हुए आदमी के साथ सो सकता हूँ। उसे मौत का सुन्दर सपना देखने के लिए मदद कर सकता हूँ।''

''मौत का सुन्दर सपना? अब तो यक़ीन हो गया मुझे कि यह रूमानी बकवास तुम्हें ख़त्म कर चुकी है।''

''मेरे पास खोने के लिए क्या था गाथा? मैंने कोई खतरा मोल नहीं लिया था। मेरे पास था ही क्या जिसे मुझे बचाना था?''

''हे भगवान! तुम्हारे पास तुम्हारा दिमाग है प्रमित। वह दिमाग जो जीवन को एक जादू की तरह देख सकता है। तुम मुझे ज्ञान देते रहे कि जादू का गला तर्क से मत घोंटो। जबकि तुम खुद अपने आप का, अपनी जिन्दगी का गला किसी सीखे-सिखाए तर्क या विचारधारा से घोंट चुके थे?''

''**गाथा,** तुम्हें कैसे समझाऊँ? जैसे कि समझो मेरा गिटार है। अगर उसका एक तार टूट जाता है, तो मैं एक नया तार लगा लेता हूँ। मेरे अन्दर वह तार मुझे बदलना ही पड़ा। यह तार बदलना जैसे एक स्वप्न को आँकना है। उसका चित्र बनाना है। मेरा तर्क कोई सीखा-सिखाया नहीं है। मैं उसका अनुभव करता हूँ। उसे देख सकता हूँ।''

''प्रमित, मुझे भी इतना पता है कि कम-से-कम तुम्हें कोई नकेल बाँधकर चला नहीं सकता।''

''समस्या यह है गाथा कि जब लोगों को कोई घोड़ा अपने-आप में मस्त अकेला घूमता दिखाई देता है, वे घोड़े को खाना देने के बहाने अपने पास बुला लेते हैं।''

''एक बात बताओ। वे सारे मूर्ख, भ्रष्टाचारी, मुनाफाखोर खत्म होंगे कि नहीं? और अगर हो गए, तो फिर घोड़ा क्या आजाद नहीं हो जाएगा?''

''अरे नहीं। वे फिर एक सोने की नकेल बना लेते हैं ना। जैसे कि यह इंटरनेट। जिसके आर-पार हम अंट-शंट-आयं-बायं बोलते जा रहे हैं और ये कम्पनियाँ मालामाल हो रही हैं।''

''हाँ, सुनहरी नकेल! विचारधारा की, धर्म की या इसी तरह किसी चीज की जिसकी लत पड़ जाय! जैसे कि बन्दूक़ की।''

''ताकत की! गाथा, ताकत की!''

''मैं तुम्हारी बात नहीं समझ रही। उनके पास ताकत की नकेल है या तुम्हारी जो आदत या लत बन गई है, वह तुम्हारी नकेल है?''

''गाथा, तुम मुझे समझने की चेष्टा मत करो। मैं एक जटिल चरित्र हूँ। तुम्हारे किसी उपन्यास के काम का नहीं हूँ। तुम लिखोगी तो कोई समझेगा तक नहीं।''

''कौन जानता है कि कौन क्या लिख पाएगा?''

⬆

''**प्रमित,** क्या कबीरु ऐसे ही मर गया। बिना इलाज के?''

''कबीरु को अब क्यों यहाँ फिर लाना चाहती हो? वह बहुत पुरानी बात है।''

''कहीं कबीरु तुम्हारी कल्पना तो नहीं?''

''नहीं, कबीरु के पास कोई कल्पना-शक्ति नहीं थी।''

''तुम्हारे पास तो है?''

''यही तो मेरा शाप है।''

''वरदान नहीं?''

''शाप है यह! तुम्हारा कामरेड मर जाता है और तुम उसकी कहानी सुनाने जिन्दा रहते हो।''

''पर कहानी है कहाँ? शाप ही सही, उसे पूरा तो करो।''

''तुम जरूर सोच रही होगी कि यह कौन शख्स है जिसके माँ-बाप का कोई ठिकाना नहीं। ऊपर से यह दुनिया की तमाम किताबें पढ़कर बैठा है। इस तरह की गतिविधियों में क्या यह हिस्सा ले सकता है? मैं जानता हूँ तुम यही सोच रही हो। पर यही सच है मेरा। जहाँ तुमने जीवन को चारों तरफ से उलट-पलट कर देखा कि समय तुम्हारे लिए बदलकर कुछ और हो जाता है।''

''प्रमित, मैं जानती हूँ कि तुम बहुत संवेदनशील हो। तुम दूसरों के दुख ओढ़

लोगे। मुझे इसमें कोई आश्चर्य नहीं है। किसी बड़े आदर्श के लिए तुम ऐसा कर सकते हो। पर जीवन ख़त्म करनेवाली विचारधारा के लिए? दूसरों के सिखाए किसी तर्क के लिए तुम ऐसा करोगे, यह मान नहीं पाती।''

''कोई बड़ा कारण, कोई बड़ा आदर्श! कोई मर जाता है यूँ ही और तुमको लगता है कि वह कुछ बदलने के लिए नहीं लड़ रहा था?''

''**बात** मेरे मानने या न मानने की नहीं है प्रमित। हो सकता है कि मैं पूरी तरह सच को नहीं जानती। कबीरु का मरना या किसी का असमय मरना दुखद है। पर हत्या को सही माननेवालों से मेरी सहमति नहीं होगी। कभी नहीं।''

''जब हिटलर ने लाखों यहूदियों को मारा, तो सभ्य जर्मन लोगों ने बाद में कहा कि उन्हें ऐसी घटनाओं के बारे में कुछ मालूम नहीं था। असल में तो हिटलर से ज्यादा वे लोग अपराधी हैं। तुम्हें पता है, पूरे भारत में नेपालियों, असमियों और दूसरे उत्तर-पूर्व के राज्यों के लोगों के साथ कैसा सुलूक किया जाता है?''

''हाँ, कुछ-कुछ मालूम है। हाल में दिल्ली में एक असमिया या मणिपुरी छात्र को ऐसे ही बेबात मार डाला गया।''

''तब अगर उत्तर भारतीयों को उन जगहों से मार कर भगा दिया जाता है, तो उसमें गलत क्या है?''

''क्या कह रहे हो प्रमित? क्या तुम देश में एक या अनेक 'घेटो' बनाना चाहते हो, जिसमें एक नस्ल के लोग एक जगह रहकर सुरक्षित रहें? बाकी सबको खदेड़ दिया जाय?''

''भारत एक 'घेटो' ही है। मंगोल नस्ल के लोग, जो उत्तर बंगाल और उत्तर-पूर्व के राज्यों में रहते हैं, वे इस बात को जानते हैं।''

''उफ्! इस देश का, मनुष्यता का क्या भविष्य है!''

''मनुष्यता बची रहेगी अगर मैदानों के लोग वहीं रहें और पहाड़ों के काम में

दखलंदाजी न करें।''

''क्या कह रहे हो प्रमित! इस तरह लोगों को समूह में बाँटकर उनसे नफरत करने को तुम सही बता रहे हो? तुम! जो समूहों में विभाजन को आदमी के अपनी पूँछ खो देने से उपजी विकृति मानते थे? यकीन नहीं हो रहा मुझे!''

''**गाथा,** मैं जानता हूँ तुम्हें मेरी बातें बहुत बुरी लग रही हैं। पर सच यही है कि इंडिया के बहुत सारे राज्य हैं जिनके बिना इंडिया बेहतर देश बन सकता है।''

''जरा विस्तार से समझाने का कष्ट करोगे?''

''नहीं भी कर सकता हूँ। इतना जान लो कि मैं कोई राष्ट्रवादी नहीं हूँ। राष्ट्रवाद ने सिर्फ युद्धों को जन्म दिया है। दूसरे देशों को शत्रु मानना सिखाया है।''

''प्रमित, मुझे तुम्हारे बारे में यही अनुमान था कि तुम एक समन्वयवादी संस्कृति में यकीन रखते हो। ऐसी संस्कृति जिसमें सब लोग भिन्न होते हुए भी एक साथ शान्ति से रह सकते हैं।''

''मैं अब भी उसी में यकीन रखता हूँ।''

''तब तुम क्यों दूसरे समूहों के लिए जहर उगल रहे हो?''

''लेकिन मेरा यह भी मानना है कि ऐसे लोग जो अपने आप को दूसरों से श्रेष्ठ समझते हैं, उन्हें यह पता होना चाहिए कि वे कितने पानी में हैं। यही मेरी बन्दूक का तर्क है।''

''अच्छा? बन्दूक से उन्हें बताओगे कि वे तुमसे बेहतर लोग नहीं हैं?''

''नहीं, पर वे अपनी बन्दूकों से हमें ब्लैकमेल कर रहे हैं, उसका क्या? तुम्हें पता होना चाहिए कि कश्मीर में लोग भारत की उपस्थिति से क्यों नफरत करते हैं। उन बलात्कारियों से जो राष्ट्र के नाम पर उनकी इज्जत लूट रहे हैं, तुमने कभी पूछा कि उन्हें यह हक किसने दिया?''

''तो यह तुम हो प्रमित, असली प्रमित, जो नफरत और हिंसा से भरा हुआ है?''

''हाँ, एक कवि, जो अपने मरते हुए साथी को कभी नहीं भूला। एक इंसान जिसने हमेशा प्रेम करने की कोशिश की और सदा धोखा खाया।''

''**किस** धोखे की बात कर रहे हो तुम प्रमित?''

''गाथा, तुमने सच को बहुत कम जाना है। तुम्हें कुछ पता नहीं है।''

''देखो प्रमित, मुझे पता है कि मेरी दुनिया बहुत सुरक्षित है। किन्तु मैं भी किसी अन्याय से पीड़ित आदमी का दर्द तुम्हारी तरह ही महसूस करती हूँ। तुम्हारा दर्द मुझे परेशान नहीं करता, तो मैं इस तरह तुमसे मिलने यहाँ आती?''

''मुझे कोई दर्द नहीं है। मैंने अपने साथी को अपनी बाँहों में मरते देखा है। मुझे गोली लगने पर भी दर्द नहीं होगा।''

''सोचती हूँ कि तुमने ऐसा क्या देखा होगा कि तुम्हारे अन्दर ऐसी नफरत या उसे जो भी तुम कहो, पैदा हुई होगी? अपने साथी के लिए दर्द को समझा जा सकता है, पर वही दर्द दूसरों को देने के लिए बन्दूक उठाने को समझा नहीं जा सकता।''

''क्यों, क्या मैं सिर्फ कागज पर कविताएँ ही लिखता रहूँ? मैं बन्दूक से कविता न लिखूँ, जिससे कि कोई गोली मेरे सीने के पार न चली जाए?''

''कोई और रास्ता नहीं है? मैंने हाल में असमिया लेखक वीरेन्द्र भट्टाचार्य का उपन्यास 'मृत्युंजय' पढ़ा था। तुमने पढ़ा है?''

''और नहीं तो क्या?''

''जब वे लोग रेल को पटरी से गिरा देते हैं और अंग्रेजी सेना के सैकड़ों सिपाहियों का समवेत रोना चिल्लाना और आहें सुनते हैं और मरना देखते हैं, तो वे अन्दर तक हिल जाते हैं। उन्हें समझ में नहीं आता कि इतना दर्द और ऐसी

भयानक मौतें किस महान लक्ष्य को सही प्रमाणित करती हैं?"

"हाँ, जानता हूँ।"

गाथा के मन में एक उम्मीद जग रही है। इस पथभ्रष्ट युवक को साहित्य के द्वारा ही रास्ते पर लाया जा सकता है। जब एयरपोर्ट पर घोषणा होती है कि उड़ान एक घंटा देर से उड़ेगी, उसके अन्दर एक हल्की खुशी की लहर दौड़ जाती है।

"तुमने रवीन्द्रनाथ का उपन्यास 'चार अध्याय' पढ़ा है? बंग-भंग के दिनों पर आधारित है, जब अंग्रेजों के बंगाल का विभाजन करने से सशस्त्र क्रान्ति की चेष्टा हुई थी। उसमें भी क्रान्तिकारी छोटे-छोटे झगड़ों पर एक-दूसरे को भी मार डालते हैं। पूरी बात तो मुझे याद नहीं, पर उस पर बनी फिल्म के कुछ दृश्य याद हैं।"

"रवीन्द्रनाथ को ऐसा कुछ लिखने का कोई हक़ नहीं था। सुनी-सुनाई बातों पर लिखने से ऐसा ही लिखा जाता है।"

"प्रमित, तुम समझते क्यों नहीं, हिंसा अपने को ही खा जाती है।"

"हिंसा अपने को खा जाती है, यह बात तुम भारतीय सेना के बलात्कारियों को क्यों नहीं कहतीं? उनके हित में अमानुषिक कानून बनानेवालों को क्यों नहीं कहतीं?"

"तुम आयरोम शर्मिला से मिले हो? बेचारी कब से अनशन कर रही है इन कानूनों के ख़िलाफ़!"

"हाँ मिला हूँ। पर मुझे शताब्दियों से मणिपुर में खेला जानेवाला 'थांगटा' खेल ज्यादा पसन्द है। उसी से उन्होंने महाभारत में तुम्हारे मैदान के निवासी अर्जुन तक को हरा दिया था।"

"यह किस तरह का खेल है?"

"यह कूंग-फू जूडो की तरह एक लड़ाई की तरकीब है जो कटार और भाले से खेली जाती है।"

गाथा का सिर चकरा रहा है। कोई फायदा नहीं ऐसे शख्स को समझाने का। वह फोन बजने पर राहत के साथ फोन उठाती है। पति हैं।

"बैठ गईं हवाई जहाज में?"

"नहीं, एक घंटा लेट हो गई है उड़ान?"

"उफ्!"

"हाँ, इस बार कुछ भी सही नहीं हो रहा है।"

"खैर, अब तो कुछ देर ही बाकी है। कुछ चाय-वाय पी लो। यहाँ घर पहुँच कर गरम खाना खा लेना।"

गाथा फोन रखकर चुपचाप बैठी रहती है। अचानक खयाल आता है कि प्रमित सान्याल पहाड़वालों से एकात्म भले ही हो, पर है तो वह खुद आधा बंगाली ही।

"प्रमित तुम खुद आधे बंगाली हो। तुम मैदानवालों से अपने को अलग करके कैसे देखते हो?"

"मैं यूरोपियन हूँ। मेरी माँ यूरोप की थी।"

"तुम्हारे साथी तुम्हें कैसे देखते हैं? एक यूरोपियन कॉमरेड की तरह? या एक अनोखे बौद्धिक साथी की तरह?"

"उन्हें मेरा हुनर बहुत पसन्द है। मुझे सब अपना मानते हैं।"

"हुनर? शब्दों का या बन्दूक चलाने का?"

"पानी खोजने का हुनर। पहाड़ों पर पानी खोजना आसान नहीं होता। पानी नीचे की ओर बह जाता है। देखो, एक कवि गलत हो सकता है, पर मैं गलत कैसे

होऊँ? मुझे कल ही दो सौ फीट नीचे जाकर देखना है कि वहाँ पानी है या नहीं। मुझे तुम्हारी शुभकामनाएँ चाहिए।''

''मुझे तुम्हारी कोई बात समझ में नहीं आती। जाने तुम किस पानी की बात कर रहे हो!''

''**आह** को चाहिए एक उम्र असर होने तक...''

''प्रमित, तुम ग़ालिब पढ़ते हो?''

''हाँ, मैं युद्ध के मैदान में ग़ालिब पढ़ता हूँ।''

''अच्छा! कितने दिन हुए तुम्हें अन्तिम बार असली युद्ध के मैदान में गए?''

''असली मैदान क्या होता है?''

''वहाँ जहाँ कोई गोली चलाता है और कोई मर भी सकता है।''

''किन्तु मैं अभी मरा नहीं हूँ। इसलिए अन्तिम तो नहीं कहा जा सकता। हाँ, यह पूरी सम्भावना है कि मैं अब अन्तिम बार युद्ध के मैदान में जाऊँ।''

''किसके साथ? सेना के साथ युद्ध?''

''कौन जानता है?''

''तुम्हें लगता है कि मारने-काटने से वह मिल जाएगा, जो तुम चाहते हो?''

''नहीं, मुझे ऐसा नहीं लगता। पर हिंसा हमारे समाज की असलियत है।''

''असलियत? पर हमें तो असलियत को बदलना है। सत्ता अत्याचारी है, तो उससे जूझने के और रास्ते भी तो हैं।''

''नहीं, और रास्ते नहीं हैं।''

''तुम यदि उपन्यास लिखोगे तो यही लिखोगे कि और रास्ते नहीं हैं?''

''हाँ, रास्ते ये ही हैं और इनकी कीमत बहुत बड़ी है। चारों ओर हर तरफ मुर्दे

ही मुर्दे होंगे।''

''प्रमित तुम क्या कह रहे हो! यह देश महाभारत के समय से खून-खराबा देखता आया है। कभी तो यह रुकेगा?''

''कभी नहीं भी रुक सकता है। तुम कल्पना करो कि एक नाव है जिसमें दस आदमी बैठ सकते हैं। उसमें एक लाख लोग बैठना चाह रहे हैं। तो मारकाट होगी या नहीं?''

''मतलब कि चीजें कम हैं, लोग ज्यादा हैं?''

''मतलब यह कि मेरी छिपकली ने आज बहुत भरपेट खाया है। वह मेरे कमरे में अकेली रहती है।''

''**मेरी** छिपकली का नाम जानना चाहोगी? तुम एयरपोर्ट पर बैठे-बैठे मुझे ज्यादा मत कोसो, इसलिए तुम्हारा मन लगा रहा हूँ। मेरी छिपकली का नाम है, अच्छा छोड़ो, तुम नाराज हो जाओगी, छोड़ो।''

''क्या उसका नाम गाथा रख लिया है तुमने?''

''अरे नहीं, वह तो तुम्हें जानने से पहले से है मेरे पास। पर उसका नाम एक लेखक पर है। वह मेरी पालतू छिपकली है। उसे अंडे से छिपकली बनने तक मैंने उसे पाला है।''

गाथा का दिल घबड़ा रहा है। वह छिपकलियों से बहुत डरती है। क्या छिपकलियाँ अंडों से निकलती हैं? पता नहीं था।

''कहीं वह तुम्हारी प्रेरणा तो नहीं? या तुम उसके देवदूत हो?''

''वह हमेशा मेरे पास रहती है। मैं उसे बीयर की एक बूँद चटा देता हूँ। फिर तो देखने लायक होता है कि वह कैसे मच्छरों का शिकार करती है। बस मैं जरा सा जीभ से क्लिक-क्लिक आवाज करता हूँ, और वह प्रकट हो जाती है।''

''उसका नाम लेखक के नाम पर क्यों है?''

''अरे, तुम जानती नहीं कि जरा सी शराब पीते ही हमारे कवि कैसे उग्र होकर कविता लिखने लगते हैं। तुम्हारे बंगाल में छिपकलियाँ ज्यादा होंगी या कवि? हर तीसरा आदमी यहाँ कवि होता है। अक्सर वह किसी न किसी अन्याय का शिकार होता है और बदले की भावना से तड़पता होता है। उसका गुस्सा जब फूटता है, तो सत्ता, शासन, पुलिस, पुजारी, माँ-बाप, पड़ोसी, मकान मालिक—किसी को वह नहीं छोड़ता। मैं देख रहा हूँ कि तुम मुसकरा रही हो। बताओ मैं सही तौर पर 'मेंटलिस्ट' हूँ या नहीं?''

गाथा की मुस्कराहट गायब हो जाती है। अचानक उसकी निगाह ऊपर लगे कैमरे पर पड़ती है। क्या प्रमित सान्याल कैमरे के उस तरफ़ से उसे देख रहा है? फिर वह इस असम्भव ख़याल को झटक देती है।

इस आदमी में गजब की हिम्मत है। हिम्मत क्या बेशर्मी है। इस तरह उसे यहाँ बुलाकर उसे परेशानी में डालकर अब वह उसे छिपकली और कवि की तुलना कर हँसा रहा है?

''**तुम** नाराज हो गई हो क्योंकि मैंने तुम्हें हँसा दिया! तुम हर समय जिन्दगी की हकीकत में ही क्यों धँसी रहती हो?''

''हाँ, तुम्हारे लिए तो हकीकत एक तोड़-मरोड़ कर फेंकने वाली चीज है या तुमने हकीकत को अपने मनचाहे ढंग से अपने चारों तरफ उलट-पुलट कर जँचा रखा है?''

''मुश्किल यह है कि तुम सिर्फ एक ही हकीकत में यकीन करती हो।''

''ऐसा नहीं है, लेकिन तुम्हारे तरह-तरह के जीवन एक-दूसरे से टक्कर खा रहे हैं।''

''अरे, तो उसमें क्या हर्ज है। हमारी पृथ्वी का जन्म ही किसी से टक्कर खाने से हुआ है।''

''पर तुमने जो रास्ता चुना है, उसमें तुम जिन्दगी से आमने-सामने भिड़नेवाले

हो। यह टक्कर तुम्हें चकनाचूर कर देगी।’’

‘‘गाथा, तुम यकीन मानो, मैंने कुछ भी चुना नहीं है। मुझसे टकराने यह सब खुद सामने आ गया। हाँ, यह सच है कि मैंने अपने को बचाने की चेष्टा नहीं की। युद्ध के विरुद्ध फिलोसोफी का बखान करना आसान है। लेकिन तुम्हारे जबड़े को कोई गोली तोड़ दे, तो बहुत मुश्किल होती है।’’

‘‘मैं सिर्फ इतना ही कह सकती हूँ कि तुम जिस स्थिति में पड़े हो, तुम्हें वहाँ नहीं होना चाहिए था। तुम बड़े काम कर सकते थे।’’

‘‘ओह, तुम ऐसा सोचती हो? दुनिया के सारे लेखकों को मिलाकर जो काम हो रहा है, उससे कहीं बड़ा काम मैं कर रहा हूँ।’’

‘‘एक लेखक का काम कुछ करना नहीं है। करनेवालों को देखना उसका काम है। वह सहानुभूति रख सकता है, पर जान नहीं दे सकता।’’

‘‘तो मुझे कभी भी एक लेखक नहीं होना है। अपनी चाल मुझे नहीं बदलनी है। मुझे किसी की सलाह की जरूरत नहीं है।’’

‘‘**तुम्हें** क्या लगता है गाथा कि दुनिया को बिना देखे, बिना महसूस किए, बिना तमाम सही किताबों को पढ़े मैंने यह रास्ता चुन लिया है?’’

‘‘क्या तुम बताओगे कि दुनिया की कौन-सी किताब तुम्हारी बाइबिल है?’’

‘‘बाइबिल मूर्ख लोग पढ़ते हैं। मैं किसी की लिखी किताब को सच मानकर उस पर नहीं चलता।’’

‘‘तो तुमने किन सही किताबों को पढ़कर यह रास्ता चुना? बताओ।’’

‘‘वैसी किताबें नहीं जो कहती हैं कि सब कुछ ठीक हो जाएगा, अगर तुम इस या उस भगवान से मन्नत माँगो। प्रार्थना करो।’’

‘‘बताओ, किताब का नाम बताओ।’’

''मैंने एक जवान लड़की की मरती हुई आँखों को पढ़ा है, जो मेरी बाँहों में मर गई।''

''अरे, कबीरु ही नहीं? कोई जवान लड़की भी थी?''

''हाँ, मैंने उन्हें अपनी आँखों के सामने मरते हुए देखा।''

''कितने बड़े थे तुम?''

''अठारह साल।''

''तुमने महाभारत पढ़ा है?''

''हाँ, पढ़ा है। लेकिन आज भी वही समय है। आँख के बदले आँख लेने का।''

''क्या समय है, यह एक बात है। क्या होना चाहिए, यह दूसरी बात है।''

''कौन निर्णय करेगा कि क्या होना चाहिए?''

''जिनकी आँखों में उम्मीद के सपने हैं।''

''और उन्हें किसने नियुक्त किया है ये सपने देखने के लिए?''

''एक स्वर्गनुमा दुनिया ने जो प्रेम और साझेपन की जिन्दगी चाहती है।''

''हा हा! और इस स्वर्ग का राजा कौन है? तुम और तुम्हारे जैसे सुरक्षित लोग?''

''छोड़ो, मुझे तुमसे कोई बात नहीं करनी है।''

''**तुम्हें** मुझसे बात करनी होगी गाथा। बताओ, तुम्हारे स्वर्ग का राजा कौन है?''

''हम सभी, जो प्रेम और दया में विश्वास रखते हैं।''

''तो तुम ईश्वर से सम्पर्क में हो?''

''मैं अपने आप से सम्पर्क में हूँ।''

''तुम कभी सात दिन तक लगातार पानी की एक बूँद के बिना रही हो?''

''नहीं।''

''क्या तुमने दो दिन तक अपने टूटे हुए हाथ को अपने दूसरे हाथ से पकड़कर अपार दर्द सहते ढोया है?''

''तो क्रूर हकीकत आदमी को क्रूर बना देती है? उसके अन्दर से दया, माया, प्रेम, करुणा सब मिटा देती है? आश्विट्ज सब जगह है?''

''प्लीज़ गाथा! मुझे किताबों से बहुत परेशानी होती है। किताबी भाषा से भी।''

''अच्छा? मैंने तो तुम्हारे लिए बिलकुल उलट सोच रखा था।''

''मुझे किताबों से कोई लगाव नहीं। वे किसी काम की नहीं हैं। उनमें सिर्फ आत्ममुग्धता है, और कुछ नहीं।''

''पर तुम एक किताब लिखना तो चाहते थे। यह सच है ना?''

''मैं लिखूँगा। पर कागज पर नहीं। गुफाओं में उनकी दीवाल पर लिखूँगा।''

''छेनी-हथौड़ी से?''

''खून-भरे नाखूनों से शायद।''

गाथा चुपचाप सोचती है। आदमी, कितना भी बुद्धिमान क्यों न हो, जब किसी माने हुए रास्ते पर निकल पड़ता है, तो उसे लौटाना असम्भव-सा है। वह अपनी भाषा तक अलग गढ़ लेता है। आखिर आत्मघाती दस्ते भी तो होते हैं। उन्हें अपने जीवन से भी ज्यादा बड़ा कुछ न लगे, तो अपनी जान कौन खोना चाहता है?

''**प्रमित,** तुमने कार्ल मार्क्स को तो पढ़ा होगा?''

''हाँ, पढ़ा है। मार्क्स का देखना सही था, पर उसके रास्ते भूलभुलैया में ले जाते हैं। वह खुद नहीं जानता था कि सही रास्ता क्या होगा।''

"और चे गुवेरा? तुम्हारे क्यूबा का गुरिल्ला क्रान्तिकारी?"

"अपनी किताब 'द मोटरसाइकिल डायरीज' में चे लिखता है—'मेरी कथा कोई असम्भव बहादुरी की कथा नहीं है, न ही यह हर आदर्श पर शक करने वाले एक 'सिनिक' की कथा भर है; कम-से-कम ऐसा इसे बनाने का मेरा इरादा नहीं है।"

"मतलब प्रमित तुम यह कहना चाह रहे हो कि तुम्हारे जीवन की कथा किसी ऐसे आदमी की कथा नहीं है, जो किसी चीज पर भरोसा नहीं कर पाता। तो फिर तुम्हारे जीवन की कथा को कैसे पढ़ा जाय? किस आदर्श पर भरोसा है तुम्हें?"

"तुम्हें अपनी बात का जवाब चे की इन पंक्तियों में मिलेगा जो उसने एक बेइलाज मरती हुई बूढ़ी को देखने के बाद लिखी थीं—'वहीं पर, उन्हीं अन्तिम क्षणों में, उन लोगों को देखते हुए जिनके लिए जीवन अगले दिन से आगे कभी नहीं रहा है, हम उस महान ट्रेजैडी को समझ पाते हैं जो दुनिया के तमाम सर्वहारा का जोवन है। उन मरती हुई आँखों में एक क्षमाप्रार्थना का भाव है, पर साथ ही किसी तरह सांत्वना पाने की चरम माँग भी, जो शून्य में उसी तरह खो जाती है, जिस तरह उनका शरीर हमारे आस-पास के इस विशाल रहस्यलोक में खो जानेवाला है।"

गाथा कुछ नहीं लिखती। ओह, यह सब कब खत्म होगा? इतना कष्ट कोई भी क्यों जीता है। क्यों ऐसे मरता है?

"**क्या** हुआ? चुप क्यों हो गई हो?"

"सोचती हूँ प्रमित कि यह दुनिया ऐसे क्यों चलती है? क्यों इतनी भुखमरी, गरीबी, बदहाली है? आदमी को बिना इलाज के क्यों मरना होता है?"

"अपने देश के प्रधानमंत्रियों से पूछो। उस परिवार से पूछो जो गांधी का नाम भुनाकर देश पर शासन करता रहा है। उससे पूछो जो अभी उन्हें हटाकर वहाँ

बैठा है। पूछो कि वे सेना में गुंडों को क्यों पालते हैं?''

''पता नहीं, हम किस तरफ जा रहे हैं। पूरे देश में बीचोबीच एक नक्सल कॉरीडोर फैला हुआ है। कश्मीर, उत्तर-पूर्व के राज्य, उत्तर बंगाल, बस्तर सब जगह झमेले हैं। अपने ही देश के लोग अपने ही देश के लोगों से लड़ेंगे इस तरह?''

''यही तो तुम जैसे लोग नहीं जानते। लड़ेंगे नहीं, लड़ रहे हैं। यह देश अभी भी सिविल वार—गृहयुद्ध में है। दक्षिण के लोग उत्तर भारत के लोगों से नफरत करते हैं, मराठी लोग यूपी, बिहार के लोगों से नफरत करते हैं, उत्तर-पूर्व के लोग अलग अपनी सत्ता चाहते हैं। चारों तरफ युद्ध है। बस किसी को दिख नहीं रहा या तुम लोग देखना नहीं चाहते।''

''कैसी बातें करते हो तुम प्रमित? भारत का संविधान एक संघ के रूप में हर राज्य को अपनी तरह से जीने का अधिकार देता है। मैंने कॉलेज में पोलिटिकल साइंस पढ़ा है। जाने कहाँ से तुमने सिर्फ नफरत के चश्मे से जिन्दगी को देखना सीखा है? समस्याएँ हो सकती हैं, पर उनका समाधान शान्ति से ही निकाला जा सकता है। एक बात बताओगे?''

''**क्या** जानना चाहती हो?''

''तुम्हें सबसे पहले यह पाठ कब पढ़ाया गया था? यह नफरत की भाषा का पाठ!''

''जिस दिन मैं पैदा हुआ। उसी दिन।''

''तुम्हारा पहला टीचर कौन था?''

''मुझे एक पहचान की जरूरत थी। मैं कोई नहीं था। कोई मेरा नहीं था। तब मुझे एक कूंग-फू सिखानेवाला मणिपुरी टीचर मिला। एक अन्धा भिखारी मेरे प्रति बहुत दयालु था। वह मुझसे बहुत बातें करता था। वह गाता था—एकला चलो रे। पर मैं अकेला नहीं होना चाहता था। जिसने भी मुझे प्यार से देखा, मैं

उधर ही चला गया।''

''कितने बरस के थे तुम?''

''मुझे याद नहीं। कुंग-फू के लिए जरूरी लात और घूँसे चलाने लायक तो हो गया था। तुम क्यों उन पुरानी बातों को खँगाल रही हो? तुम्हें मुझसे क्या लेना-देना है? मैं तुम्हें सिर्फ एक ही चीज सिखा सकता हूँ—कि पास आती एक सनसनाती गोली से कैसे बचा जाय। अच्छा बताओ कि कभी ऐसा हो कि मेरे जैसे लोग तुम्हारे जैसे लोगों के दुश्मन बन जाएँ, तो तुम क्या करोगी?''

''प्रमित, मैंने अभी तक यही सोचा था कि हम एक जैसे लोग हैं। हमारे पास शब्द हैं, जिनसे हम दुनिया के लोगों को बदलने की इच्छा रखते हैं। मुझे नहीं पता था कि तुम और हम एक दूसरे के दुश्मन भी हो सकते हैं।''

''बचने की चेष्टा मत करो। बताओ कि तुम्हारे जैसे लोग हमारे जैसे लोगों को कुचलते रहते हैं, यह तुम जानती हो या नहीं?''

''अगर यह सच है तो मैं पश्चाताप करूँगी। करती भी हूँ।''

''**पश्चाताप** करती हो तुम? बातें बनाकर? कहानियाँ लिखकर? तुम्हें पता है जब आदमी इस बुरी कदर थक जाता है कि वह एक कदम भी नहीं चल सकता, तो वह मरी हुई लाशों के बीच सो जाता है। उसे नींद के अलावा उस समय और कुछ भी नहीं दिखता। बदबू आती है, पर उससे अच्छी छिपने की जगह कोई नहीं हो सकती। वहाँ कोई तुम्हें खोजने नहीं आता। मरी हुई लाशों की किसी को परवाह नहीं होती।''

''तुम अठारह साल के थे तब?''

''हाँ, और मैं सोना चाहता था। पूरे एक दिन मैं अपने मरे हुए साथियों के बीच सोता रहा।''

''मेरे पास तुम्हें कहने के लिए कुछ नहीं बचा है। तुम्हारे लिए सिर्फ शुभकामना

कर सकती हूँ।''

''शुभकामना? किसलिए? कि मेरा पागल युद्ध पूरा हो जाए?''

''नहीं। शुभकामना कि तुम वही कवि-लेखक बने रह सको जैसा मैंने तुम्हें जाना था।''

''पर मैं कोई एक प्रमित नहीं हूँ। मैं जाने कितने प्रमित का घालमेल हूँ।''

''हाँ, पर मेरे लिए यह नई बात है। मैं अभी तक सदमे में हूँ। एक सम्भावना से भरे हुए प्रतिभाशाली लेखक का एक बन्दूक चलानेवाले खूँखार आदमी से तालमेल नहीं बैठा पा रही हूँ। मेरा दिमाग चकरघिन्नी हो गया है।''

''अरे, यह तो बहुत सरल बात है। तुम्हें ऐसे सैकड़ों कवि खोजने पर मिल जाएँगे जो बन्दूक की आवाज से पैदा हुए हैं। यह बात अलग है कि तुमने जब किसी नक्सल पर लिखा, तो उसके अन्दर बैठे कवि को तुम देख नहीं पाईं।''

''**तुम** लोगों से सुनकर उनकी कहानियाँ लिख लेती हो। तुम नहीं जानतीं कि जब कोई अपने जीवन की कथा किसी के साथ साझा करता है, तो वह कथा नानी-दादी की कहानियों से अधिक कुछ नहीं होती। सिर्फ हम जब उस क्षण को जी रहे होते हैं—तो कहानी उसी वक्त हमारे सामने खुलती होती है। ख़ैर तुम लिखती रहो, उसमें किसी का कोई नुकसान नहीं है। फायदा हो न हो।''

''नुकसान मेरा बहुत है। जब पता चलता है कि हम एक पूरी तरह अलग दुनिया से आए ऐसे शख्स से रूबरू हैं, जिसने वैसी भूख, प्यास और नींद की तड़प जानी है, जो हमने कभी नहीं जानी है, तो हमारे अन्दर कुछ टूट जाता है। हमारे अन्दर एक ऐसा अपराध-बोध होता है, जो दिन-रात हमारी आत्मा को कुतर-कुतर कर खाता होता है।''

''हाँ, तुम्हारी बात मैं समझ सकता हूँ। पर यह तुम्हारा दिल उतनी ही देर तोड़ता है जितनी देर तुम उस कथा कहनेवाले को सुनती या पढ़ती होती हो। उसके बाद

वह सिर्फ एक बीता हुआ समय हो जाता है, जैसे कि एक फिल्म देखने के बाद का समय होता है। सिनेमा हॉल से बाहर आने के बाद तुम्हें वह पीड़ा बहुत जल्द छोड़ देती है। तुम फिर से पहले जैसे हँसने लगती हो और अपने बच्चों के लिए सिनेमा हॉल के बाहर खड़े अधनंगे लड़के से रंगीन गुब्बारे खरीदने लगती हो।''

गाथा सन्न रह जाती है। यह आदमी उसके हर काम, हर बात, हर साँस पर प्रश्नचिह्न लगा रहा है। हवाईजहाज फिर आधे घंटे लेट हो गया है।

''**सच** तो यह है गाथा कि तुम सारे लेखक ऊपरी खोल के अन्दर एक रोमांटिक कथा ही लिखते होते हो। भले ही ऐसा लग रहा हो कि तुम समाज के अन्दर के रिसते घाव दिखा रहे हो। तुम्हें मतलब सिर्फ यह होता है कि तुम्हारी कथा पढ़कर किसी का दिल दहल जाए, किसी का दिल रो उठे, या किसी का दिल खुश हो जाए कि उसने किसी चरित्र को अच्छी तरह जान लिया है।''

''मेरा खयाल है कि इससे अधिक कटु बातें मैंने आज तक किसी आलोचक के मुँह से नहीं सुनी हैं।''

''अच्छा, बताओ तुम्हें कैसा लगता है जब भारतीय सैनिक पूरे कश्मीर को एक कोठे की तरह देख रहे होते हैं? तुमने मेरे लिए एक बार कहा था कि मैं भी अरुंधती राय की तरह ही एक रोमांटिक हूँ, पर अगर मैं एक पिटा हुआ रोमांटिक हूँ भी, तो चे गुवेरा की तरह। सिर्फ बातों से हम दुनिया नहीं बदल सकते, उसके लिए अपनी जान दाँव पर लगानी होती है।''

''तब तो कोई फायदा नहीं यह कहने का, कि अगर भारतीय सैनिक कोई गलत काम करता है, तो हमारे जैसे लोग उनके साथ नहीं हैं। हमें भी उसका उतना ही कष्ट है, जितना तुम्हें।''

''तुम्हारे खिलाफ होने के बावजूद यह हुआ ही है न! अपनी भावनाओं को अपने कर्म से प्रमाणित करना होता है। रूमानी क्रान्तिकारिता भी कहीं नहीं ले

जाती। चे गुवेरा तक ने यह गलती की थी। उसने समझ का ऐसा शास्त्र नहीं बनाया जो उसके कामों को आगे बढ़ाता। मैं उसी कमी को पूरा करना चाहता हूँ।''

गाथा हैरान है। क्या प्रमित सान्याल सचमुच ऐसा मानकर चल रहा है कि वह दुनिया को ज्ञान या समझ का कोई ऐसा शास्त्र दे सकता है, जो आज तक किसी ने नहीं दिया?

''किस तरह का फार्मूला निकाल रहे हो तुम दुनिया को देने के लिए, जो मार्क्स और चे गुवेरा भी नहीं दे पाए?''

''यह एक ऐसा फार्मूला होगा जो दुनिया के तमाम कुचले हुए गरीबों को बाइबिल में वर्णन की हुई प्रलय को झेलने में मदद करेगा।''

''क्या? क्या बात कर रहे हो तुम? तुम्हारा मतलब उस समय से है जब प्रलय होकर पृथ्वी पानी में डूब जाएगी या परमाणु बम दुनिया को मिटा डालेंगे?''

''देखो, जब दुनिया में हवा, पानी और मशीनों को चलाने के सारे साधन खत्म हो जाएँगे और दुनिया के ताकतवर अमीर लोग इस सभ्यता को किसी और ग्रह पर ले जाएँगे, तब दो रास्ते होंगे—क्या सारे गरीब चुपचाप यह सब होने देंगे या फिर वे एक अन्तिम लड़ाई लड़ेंगे?''

''छोड़ो प्रमित। तुम्हारा दिमाग जहाँ तक जा सकता है, वहाँ मेरी पहुँच नहीं है। तुम मुझे बस एक वादा करो कि तुम अपना उपन्यास जरूर पूरा करोगे।''

''कर सकता हूँ अगर कोई मुझे बीस लाख देने को तैयार हो।''

''उसके लिए तुम्हें पहले लिखना होगा। फिर प्रकाशक को भेजना होगा।''

''मैं क्यों किसी प्रकाशक के पीछे भागूँ? जब मुझे जो चाहिए, वह मुझे किन्हीं छायाओं से मिल जाता है। मेरे पास घर है, गाड़ी है, इंटरनेट है, फ्रिज है। तुमने क्या मुझे कोई भिखारीनुमा नक्सल समझ रखा है?''

"जिनके पास यह सब नहीं है, मैं उनके लिए भी कभी ऐसे शब्दों में नहीं सोचती। अलविदा!"

⬆

"**गाथा,** मुझे माफ कर दो। मैं बेवजह तुम पर गुस्सा निकाल रहा था। मेरे पास कभी एक घर नहीं था। मैंने अपनी मेहनत से यह घर बनाया है।"

"मुझे लगता था कि तुम अपने पुश्तैनी खंडहर में रहते हो। शायद तुमने मुझे कभी ऐसा कुछ कहा था।"

"नहीं। वह सच नहीं था। तुम मुझे एक सड़कछाप लावारिस न समझो, इसलिए मैंने ऐसा कहा था। मुझे नहीं लगता कि पैसा कमाना कोई अपराध है। मुझे पैसों की बहुत जरूरत है। कम्युनिस्टों और नक्सलवादियों से इस मामले में मुझे अलग देखकर तुम शायद आश्चर्य कर रही हो।"

"नहीं। पैसा एक सुविधा है। उसके बिना बहुत सारे काम नहीं हो सकते। यह सब जानते हैं।"

"तुम्हारे जैसे लोगों के लिए जो पैसा ऐश करने के लिए होता है, तुम उसे भी सुविधा मान लोगी। पर एक अनाथ बच्चा, जिसने अपना घर कभी न देखा हो, उसके लिए इसका क्या अर्थ होता है, तुम कभी नहीं जान सकतीं।"

"प्रमित, तुम्हारी बात मान लेने के अलावा मेरे पास कोई दूसरा रास्ता नहीं है। भले ही इसका मतलब यह निकलता है कि किसी के कष्ट को समझने के लिए हमें उसी का जीवन जीना जरूरी है। तुम्हारी बातें हमेशा तुम्हारे और दूसरे लोगों के बीच, जिन्होंने तुम्हारे जैसे कष्ट नहीं पाए हैं, एक दीवार खड़ी कर देती हैं।"

"गाथा, मुझे नहीं पता कि हम क्यों लड़ रहे हैं?"

"मैं तुम्हें एक अन्तिम बात बताना चाहती हूँ। मेरा जन्म उत्तर कलकत्ता के भाड़े के एक साधारण घर में हुआ था, किसी महल में नहीं। यहाँ तक कि किसी अस्पताल में भी नहीं।"

“**मुझे** तुम्हें एक बात बतानी है गाथा। मेरा घर मुझे एक मित्र ने उपहार में दिया था। उसने अपना कुछ बेचकर मुझे घर खरीदने के लिए रुपए दिए।”

“ओह! क्या उसका नाम ही कबीरु था?”

“नहीं, कबीरु तो सिर्फ एक टट्टू था।”

“तो उस मित्र ने तुम्हारे लिए इतना क्यों किया?”

“वह मैं तुम्हें नहीं बता सकता। तुम लिखना भूल जाओगी, अगर बता दूँ तो। जीवन किसी भी कहानी से कहीं अधिक अजीब और रहस्यमय होता है। लोग मुझसे प्रेम करते हैं, पता नहीं क्यों। मेरे लिए बहुत कुछ करना चाहते हैं, हालाँकि उन्हें मेरी मुस्कराहट से डर भी लगता है।”

“अच्छा?”—गाथा मन ही मन सिहर जाती है। खतरनाक है यह शख़्स!

“हाँ, क्योंकि मेरी मुस्कान का कोई भी अर्थ हो सकता है। मुझे कोई कितनी भी बड़ी धमकी क्यों न दे रहा हो, मैं मुसकराता रहता हूँ। लोग कहते हैं कि यह गुण मेरी माँ से मुझमें आया है।”

“तुम्हारी माँ को लोग जानते थे?”

“हाँ, कुछ लोग। मेरी दयालु दूसरी माँ ने मुझे बताया कि जिस उम्र में बच्चे गिरने पर रोते हैं, मैं सिर्फ मुसकराता था। जैसे मुझे कोई दर्द का अनुभव ही न होता हो।”

“हाँ, मैं जानती हूँ एक ऐसे ही अपाहिज बच्चे को। वह गिर जाता था, तो कहता, सॉरी। चिन्तामत कीजिए। मुझे चोट नहीं लगती।”

“वैसे मेरी माँ ने मुझे अपाहिज बनाने में कोई कसर नहीं रखी थी। मैं एक भूखा मरता बच्चा था जिसके बाल तक गिरने लगे थे और पाँव टेढ़े होने लगे थे।”

“हे भगवान! क्या कह रहे हो, प्रमित!”

“**मैंने** अपने लिए अपनी छत खुद कमाकर बनाई है। मैंने खुद अपने को अपनी मेहनत से बनाया है। किन्तु कभी-कभी मुझे उस घर की बेहद जरूरत महसूस होती है, जहाँ मेरी माँ ने मुझे अपनी छाती से लगाकर पाला होता। यह भी बहुत अजीब बात है कि बहुत सारी औरतों ने मुझे इस तरह चाहा, कि काश मैं उनका ही बेटा होता। मुझे, जो कि मनुष्यता का एक नमूना है, जो सरकस के जोकर की तरह है। ऐसा जोकर जो सचमुच में हँसना तक नहीं जानता।”

“मेरे पास कोई शब्द नहीं हैं जिनसे मैं तुमसे कोई बात कर सकूँ।”

“लेकिन मेरे पास शब्द और सिर्फ शब्द हैं। मुझे इनके लिए ही जीना है, वरना तो मौत ही मौत है।”

“सचमुच प्रमित, मुझे लग रहा है कि मैं जीवन को बिलकुल नहीं जानती।”

“तब इसका मतलब है कि तुम जिन्दा हो। जिसे लगे कि उसने जीवन को जान लिया है, उसके लिए जीवन खत्म हो जाता है।”

“शायद यह तुम्हारा कष्ट है, जिसने तुम्हें जीना सिखाया है। जीवन का मतलब बताया है। जाने क्यों मेरे दुखों ने मुझे यह सब नहीं बताया।”

“नहीं, मुझे कभी कोई कष्ट नहीं था। मेरे लिए कष्ट कोई निजी चीज नहीं थी। आदमी धीरे-धीरे समझ लेता है कि समय कितना क्रूर है और अस्तित्व कितना मरणान्तक कष्ट। अब तुम्हें समझ में आ रहा है कि मेरे लिए कबीरु कितना महत्त्व रखता है? मैं उसे क्यों छोड़ नहीं पाता?”

⬆

“**गाथा,** यह हमारी अन्तिम बातचीत हो सकती है। अब मेरे लिए वक्त बहुत तेज गति से टिक-टिक करता उस ओर बढ़ रहा है जहाँ के बाद शायद कुछ न हो।”

''प्रमित, तुम क्यों यह सब कर रहे हो?''

''तुम्हें क्या मृत्यु से बहुत डर लगता है?''

''अपने आप को इस तरह नष्ट मत करो प्रमित। बहुत सारी लड़ाइयाँ हमारे जाने के बाद भी अधूरी और बाकी रहनेवाली हैं। यही सृष्टि का क्रम है। तुम कुछ नहीं बदल पाओगे।''

''कोई क्या नष्ट करेगा? किसी में ऐसा है ही क्या जो अपने को नष्ट करेगा? मैं तो सिर्फ एक टूटा हुआ तारा हूँ जो आकाश में एक पल दिखकर ओझल हो जाता है।''

''बेकार की बातें मत करो प्रमित। तुम वक्त की इस टिक-टिक से कहीं दूर भाग जाओ। उसकी तरफ मत बढ़ो।''

''मैं भागकर कहाँ जाऊँगा। वह मुझसे भी ज्यादा तेज भागकर मुझे पकड़ लेगी।''

''तुम ऐसे ही बोल रहे हो। ऐसा कुछ नहीं है जो तुम्हें मजबूर कर सके। मैं नहीं मान सकती।''

''मैं तुमसे कोई साहित्यिक बातें नहीं कर रहा हूँ। मैं तुम्हें वही सच बता रहा हूँ, जो है।''

''तुम्हें अपनी किताब पूरी नहीं करनी है?''

''दुनिया का पेट अब तक लिखी किताबों से क्या भरा नहीं है? हमारे पास काफी किताबें हैं। एकाध कोई नहीं लिखी गई, तो उससे क्या फर्क पड़ेगा। दुनिया ऐसे ही चलती रहेगी।''

''**दुनिया** चलती तो बेशक रहेगी प्रमित! पर हम जो इस दुनिया में आए हैं, तो हमें जो कहना है, वह कहना चाहिए।''

''हमें अपनी बात क्यों कहनी चाहिए? मेरे ऊपर ऐसी कोई बाध्यता नहीं है।''

“यह हमारा भविष्य के प्रति फर्ज है। क्या पता कोई जानना चाहे कि तुम क्या सोचते थे?”

“यदि सचमुच कोई चाहेगा, तो वह मेरी हड्डियाँ जमीन के नीचे से निकाल सकता है।”

“मुझे तो हिन्दू रीति से जला दिया जाएगा। हड्डियाँ कहाँ मिलेंगी?”

“होना तो असल में यह है कि भविष्य को न तुम्हारी परवाह होगी, न मेरी।”

“तुम्हें तो मेरी अब भी कोई परवाह नहीं है प्रमित। मैं तुम्हारे लिए किसी को बिना बताए इस तरह यहाँ आकर बैठी हूँ, तुम्हों क्या फर्क पड़ रहा है? फिर भी मैं तुमसे अपने को बेवजह खत्म न करने की गुजारिश कर रही हूँ, पर जान गई हूँ कि तुम अपने पीछे घिसटते लोगों की तरफ मुड़कर भी नहीं देखते।”

“देखो गाथा, एक बात समझ लो। अगर मैं किसी की परवाह करता हूँ, तो उसे कभी नहीं छोड़ सकता। यह सिद्धान्त मुझे गुरिल्ला युद्ध में सिखाया गया है। किसी के लिए सब कुछ दे दो और सब के लिए अपने को दे दो। इसी तरह हमें चलना है। चे गुवेरा ने यही कहा था।”

“तुम कभी एक मिनट के लिए भी सोचते हो कि तुम गलत हो सकते हो?”

“**गाथा,** मुझे कई बार लगता है कि मैं लेखक नाम के प्राणी से बिलकुल त्रस्त हो गया हूँ। तुम लोग कहीं न कहीं यही सोचते होते हो कि तुम हमेशा सही हो। जैसे कि तुम कोई ईश्वर हो। मैं फिलहाल यही सोच रहा हूँ कि मेरे साथी मरने के बाद कितने बदसूरत लग रहे थे।”

“पता नहीं, तुम क्या बोल रहे हो। मुझे तुम्हारी किसी बात का कोई अगला-पिछला सम्बन्ध नजर नहीं आता।”

“वह जानने के लिए तुम्हें सोचना बन्द करना होगा। सिर्फ महसूस करना होगा। असल में लेखक भी एक तरह का तानाशाह ही होता है। वह सोचने का एक

ढर्रा ही होता है। वैसा ही जिसके खिलाफ हम लोग लड़ रहे हैं।''

''लेखक के पास एक विचार होता है जो वह दुनिया को बताना चाहता है।''

''कोई भी विचार, अगर वह पूरी तरह बना हुआ है, यानी कि उसमें फेरबदल की कोई जरूरत महसूस न हो, तो वह एक बैक्टीरिया की तरह होता है। वह सिर्फ बीमारी फैलाता है।''

''यह तुम कह रहे हो! तुम, जो जाने किन मानी हुई धारणाओं के तहत किसी की जान लेने को भी जायज ठहराते हो? तुम्हें लगता है कि इसी तरह से तुम लोगों के चेहरों पर उनकी खोई हुई हँसी लौटा पाओगे? तुम्हारे विचार, तुम्हारी आइडिया क्या बनी-बनाई धारणाएँ नहीं हैं, जिनमें तुम अन्धविश्वास की तरह विश्वास कर रहे हो?''

''कबीरु, मैं तुम्हारे लिए रोता हूँ। तुम्हारे जाने का अभी समय नहीं था। तुमने अपने नाम, अपने शरीर, अपनी गरम साँसों को बिना वहाँ पहुँचाए ही खो दिया, जहाँ प्रेम का पूरा अर्थ जान लिया जाता है—जिसके लिए हमने जनम लिया था।''

''**गाथा,** मैंने फैसला कर लिया है। मेरा तुमसे कोई परिचय नहीं है। समय कितना क्रूर है। तुमसे बातें करना यहाँ तक पहुँचाएगा, मैं नहीं जानता था। जाने क्यों मुझे लगा था कि तुम मेरी पीड़ा को, मेरे फैसले को, मेरी बातों को समझोगी। अलविदा। मैंने तुम्हें कभी जाना ही नहीं था। हम कभी नहीं टकराए थे।''

''एक मिनट रुको प्रमित। ज्यादा समय मेरे पास भी नहीं है।''

''मैं कोई लेखक नहीं हूँ तुम्हारी तरह। मैं एक आदमी हूँ, जिसके पास सिर्फ शब्द हैं। जिनसे वह कोशिश करता है दूसरों तक पहुँचने की। मैं उन मुर्दों के साथ ही ठीक हूँ।''

''क्या तुम सचमुच इतने आगे चले गए हो प्रमित, कि कहीं लौटने का कोई

रास्ता ही नहीं बचा?''

''अब मुझे सोचने पर समझ में आ रहा है, मुझे जाने देना चाहिए।''

''क्या जाने देना चाहिए? मैं समझी नहीं।''

''मुझे रोज लोग मिलते हैं। बहुत परेशान लोग मिलते हैं। मैं उन्हें समझने की कोशिश करता हूँ। उनके दिमाग में क्या चल रहा है, पढ़ना चाहता हूँ। कभी-कभी पढ़ भी लेता हूँ, पर फायदा क्या होता है?''

''एक लेखक भी यही करता है। बिना फायदा-नुकसान सोचे।''

''फर्क यह है कि लेखक दिमाग को पढ़ता नहीं, वह कल्पना कर लेता है कि उसने पढ़ लिया है। वह अपने ही दिमाग को दूसरों पर चस्पाँ कर उसे सही मान लेता है। पर हम जैसे लोग, जो उसे ऐसा करते देखते हैं, हम जानते हैं कि वह कितने पानी में है।''

⬆

''**मुझे** पता है गाथा कि तुम सारे लेखक सिर्फ झूठ को ही छापते रहते हो। तुम्हारे सारे बहाने, सारे तर्क तुम्हारे अज्ञान से निकलते हैं। तुम मुझे बताओ कि तुमने मूर्ख बनकर जीने का, बिना कुछ जाने जीने का यह रास्ता क्यों चुना है?''

''मुझे तुम्हारी किसी बात का कोई जवाब नहीं देना है।''

''तुम लोग सोचते हो कि तुम ईश्वर हो? तुम लोग जो लिख डालोगे, वही सच हो जाएगा? तुम कोई कम नहीं हो—अपने आप को तुम सर्वज्ञानी ईश्वर से कम नहीं समझती हो। तुम्हारी किताब इसका प्रमाण है।''

गाथा का मन होता है कि वह इस बदतमीज शख्स से कह दे कि वह उससे नफरत करती है। उसके बाद उसे ब्लॉक कर दे कि वह कभी उससे कोई सम्पर्क ही न कर पाए। अपना फोन नम्बर भी बदल ले। वह किसी तरह इस प्रमित सान्याल नाम के जीव से दूर भागना चाहती है। सचमुच उसे कोई जरूरत नहीं है कि वह इस शख्स का प्रलाप और उसके आरोपों को झेलती रहे। हद है!

''गाथा, तुम जानती हो कि दक्षिण अमेरिका में एक चिड़ियों के पंख से बनी हल्की-सी चीज घरों में पलंग पर लटका दी जाती है। उसे 'ड्रीम-कैचर' कहते हैं यानी वह तुम्हारे सपनों को पकड़ लेती है।''

गाथा न चाहते हुए भी जानने को उत्सुक है।

''अच्छा, बड़ी अद्‌भुत बात है। तो क्या वह हमारे सपनों को पूरा करने के लिए है?''

''नहीं, वह हमारे बुरे सपनों को अपने में खींचकर बन्द कर लेती है। फिर हम सिर्फ अच्छे सपने देखते हैं। मैं तुम्हारे जीवन का सबसे बुरा सपना हूँ।''

आदमी के मन से अधिक विचित्र दुनिया में कुछ भी नहीं। यह पिटी-पिटाई बात है। पर किस तरह एक बड़ा सच बनकर समझ में आती है! नहीं, गाथा सोचती है, वह प्रमित सान्याल को भला-बुरा नहीं कह सकती। वह कोई ऐरा-गैरा इन्सान नहीं है, भले ही उसकी बातें गाथा न मान सकती है और न ही पूरी तरह समझ सकती है।

''नहीं प्रमित मुझे किसी 'ड्रीम-कैचर' की जरूरत नहीं है। न ही तुम मेरे लिए किसी बुरे सपने जैसे हो। मुझे भले तुम्हारी बातें बुरी लगें, पर यह सच है कि तुमने मेरा खुद को और दुनिया को देखने का नजरिया किसी हद तक उलट-पलट कर दिया है। हो सकता है कि तुम मेरी किसी किताब के ऐसे पात्र हो, जिससे मैं कभी नहीं मिल पाती अगर तुमसे परिचय न होता। कम-से-कम तुम मेरे लिए तो एक अमर पात्र हो।''

''पर मैं तुम्हें अपने पर क्यों लिखने दूँ, जबकि कोई और मुझे सपने में देख रहा है?''

''अरे, उससे क्या? किसी एक का देखा हुआ सपना किसी दूसरे के सपने से अलग होता है। सबके सपने एक जैसे थोड़े ही होते हैं।''

"हाँ, सपने देखनेवाले भी कभी एक जैसे नहीं होते। तुम जब कल सुबह सोकर उठोगी, तो तुम्हें यहाँ मुझसे मिलने आना, एयरपोर्ट पर घंटों बैठे रहना और मुझसे मेरी असली कहानी सुनना—सब एक अद्‌भुत सपने जैसा लगेगा। तुम चाहोगी कि वह सपना खत्म न हो और मैं तुम्हें अपनी कहानी सुनाता ही जाऊँ। तुम्हें ऐसी-ऐसी बातें बताता जाऊँ जिनकी तुम अन्यथा कल्पना ही न कर पाओ। पर तुम देखोगी कि सपना खत्म हो गया। तब तुम खाली कागज के सामने बैठकर सोचोगी कि उस सपने को बताने के लिए क्या 'सिन्टेक्स' यानी वाक्य-विन्यास हो? क्या प्रतिमान हो?"

"**मुझे** लगता है प्रमित कि असल में तो तुम ही एक ऐसे अपूर्व कथाकार हो, जो एक ऐसी कहानी लिख सकता है, जो असल में एक मुकम्मल कहानी हो। एक 'परफेक्ट' कथा। पर मुश्किल यही है कि तुम उस अपने आप में पूर्ण कथा को—जो एक नया प्रतिमान बनाए—लिखना ही नहीं चाहते।"

"असल में मैं कथा का शीर्ष तक ऊपर उठना यानी 'वर्टीकल' तो जानता हूँ, पर उसका समतल पर फैलाव यानी 'हौरिजोंटल' को लेकर उलझन में हूँ।"

"अब यह कथा का ऊपर उठना और फैलना क्या है? कथा कोई धरती तो नहीं है जिसमें मैदान और पहाड़ हों?"

"पता नहीं, तुम कथा लेखन की बारीकियों को बिना जाने कैसे लेखक बन गई हो? कथा का मैदान है उसके वर्णन—उसके पात्र, उनका स्थान, उनका माहौल। कथा का पहाड़ या 'वर्टीकल' है, अचानक कथा का किसी ऐसे क्षण में प्रवेश कर जाना, जो तुम्हें झकझोर दे, जिसकी तुम आशा न कर रहे हो, जिसमें रहस्य, संशय और तनाव भरा हो।"

"ओह, इसे समझने की जरूरत भी क्या है? यह तो कथा तुम्हें अपने-आप सिखाती रहती है। अच्छा, तो तुम्हारी दिक्कत वर्णन को लेकर है। बाकी तो मटन चॉप बना आदमी, मोर्टार से लकवाग्रस्त हो गया आदमी, नाइन एम.एम. की गोलियों से छलनी हो गया कबीरु सब 'वर्टीकल' हैं ही कथा में?"

"मैं चाहता हूँ कि मुझसे तब भी वैसा ही प्रेम किया जाय, जैसा उस वक्त किया गया था, जब मेरे अन्दर शिराओं में रक्त दौड़ रहा था। मैं मृत्यु-शय्या पर वैसे ही प्रेम का दावा रखता हूँ क्योंकि मैंने समुद्र में दफनाए जाने का चुनाव किया है।"

"**प्रमित,** तुम हिन्दू रीति से जलाए जाओगे या मुसलमान-क्रिश्चियन लोगों की तरह दफनाए जाओगे? बुरा मत मानना, मैं सिर्फ जानना चाहती हूँ। तुम सौ साल तक जीयो, ऐसी मेरी शुभकामना है।"

"मैं गायब हो जाऊँगा। छू-मंतर। किसी को पता भी नहीं चलेगा कि मेरा क्या हुआ।"

"ओह!"

"गाथा, मैंने ऐसी-ऐसी जगहों पर युद्ध किया है, जिसकी तुम कल्पना भी नहीं कर सकतीं। मैंने ये लड़ाइयाँ किसी खोए हुए प्रेम को हासिल करने के लिए नहीं कीं, न ही मैंने किन्हीं खोए हुए विश्वासों को पाने के लिए युद्ध किए हैं।"

"उफ्, तुम्हारे पास सिर्फ लड़ने-मरने की बातें बची हैं?"

"रुको, मेरी बात पूरी नहीं हुई है। मैंने युद्ध किए हैं नए विश्वासों को पाने के लिए। और यह भी जान लो कि मैं सस्ते सौदे नहीं करता। मृत्यु, अपाहिज हो जाना—इन सब बातों से मुझे कोई दिक्कत—परेशानी नहीं है। मैंने देखा है कटे हुए हाथों को, मैदान में अकेले पड़े पाँव को और हाँ, मरती हुई आँखों को, ठीक मरने से पहले।"

"और इन सब ने तुम्हें एक अमानुष बना दिया है?"

"नहीं, इन सब बातों ने मुझे एक सच्चे इनसान के रूप में गढ़ दिया है। मृत्यु, दर्द, तकलीफें ये सब इस दुनिया में अथाह पैमाने पर मौजूद हैं। उनसे मुझे कोई डरा नहीं सकता।"

"**प्रमित,** हम क्यों इतनी बातें कर रहे हैं? मैंने किसी चींटी या मक्खी को पानी में डूबने से बचाया, तो मुझे वैसा ही सुकून मिला है, जैसा तुम्हें अपनी जान पर खेलकर इन लड़ाइयों को लड़ते हुए मिला होगा। मैं और तुम एक ही पृथ्वी पर नहीं रहते। हम अलग-अलग ग्रहों पर रहते हैं। तुम मेरे लिए एक 'एलियन' हो—दूसरे ग्रह से आया आदमी, जिसकी भाषा मुझे कुछ नहीं समझा पाती और जिसे समझाने के लिए मेरे पास कोई भाषा नहीं है।"

"मैं तुम्हें सिर्फ यही कह रहा था कि मैं जो कह रहा हूँ, वह कोई कविता नहीं है।"

"यह कहने की कोई जरूरत नहीं है। तुमने अपनी बन्दूक से सबसे पहले कविता की हत्या की होगी।"

"नहीं। मेरी बन्दूक ने अपनी कविता लिखने की अपनी भाषा बना ली है। तुम मुझे भूल जाना गाथा। तुम्हें ईश्वर बहुत प्रेम करता है। सिर्फ प्रेम। कोई प्रायश्चित की वहाँ ज़रूरत नहीं।"

"वह ईश्वर तुमसे भी बहुत प्रेम करता होगा, इसमें मुझे कोई सन्देह नहीं है। इसीलिए मैं तुमसे दूर होते हुए भी दूर नहीं हूँ।"

"मेरी ऐनाबेल! एडगर एलेन पो की यह कविता पढ़ो। तुम मेरी 'एनाबेल ली' हो। मैंने इस कविता को तुम्हारे लिए छोटा कर दिया है—

बहुत बहुत साल पहले समुद्र के पास के राज्य में
एनाबेल ली नाम की लड़की रहती थी
उसके पास सिर्फ एक ही ख़याल था
कि वह मुझसे प्यार करे और मेरा प्रेम पाए।
हम दोनों बच्चे थे, पर हमारा प्रेम किसी भी प्रेम से ज्यादा था
स्वर्ग के देवदूत हमसे ईर्ष्या करते थे
भयानक ठंडी हवा ने उसे मार दिया और हम अलग हो गए।
हमारी आत्माओं को कोई जुदा नहीं कर सका
अब भी चाँद-तारों के तले
हर रात उफनते समुद्र के किनारे
मैं उसकी कब्र में उसके पास सोता हूँ।"

भाग-3

'**आदमी** वापस अपनी गति पर लौट आता है। चाहे कितने भी दुख से गुज़रा हो या कितनी भी बड़ी ख़ुशी से, समय के साथ सब हल्का या फीका होने लगता है। शुरू में धीमी गति से और फिर अपने आप तेज़ होती रफ़्तार से। पीछे मुड़कर देखने से अकसर तो समझ में नहीं आता कि अपने को हैरान करने की या उत्तेजित होने की ऐसी भी क्या बात थी!'

गाथा ने साल-भर बाद अपनी डायरी में लिखे इस पैराग्राफ़ को पढ़ा, तो याद आया कि अपने को दिलासा देने की उस घड़ी कितनी ज़रूरत थी। बस लग रहा था कि समय की गति तेज़ हो जाए और वह उस वाकये को किसी तरह भूल जाए।

जाने कौन था वह प्रमित सान्याल? कोई इस नाम का शख़्स है भी या नहीं! कैसे वह उससे इतनी प्रभावित हो गई कि उससे मिलने ही चल पड़ी! क्या उसने यही साबित नहीं किया कि औरतें इतनी नरमदिल होती हैं कि उन्हें कोई भी बहला-फुसला सकता है?

क्या प्रमित पूरी तरह किसी की कल्पना से गढ़ा गया पात्र था जो उसे किसी कारण से फँसाने के लिए बनाया गया था? या कोई यह एक मज़ाक़ कर रहा था?

पर क्या यह भी सम्भव है कि सचमुच प्रमित सान्याल वही था जो उसने अपने को बताया था। क्या वह उस दिन वाक़ई किसी मुसीबत में पड़ गया था और उससे न मिलकर उसे किसी ख़तरे से बचा रहा था?

गाथा ने उसकी सारी ईमेल तक 'डिलीट' कर हटा दी थीं, ताकि वह फिर कभी

उन्हें पढ़ने का लालच न कर बैठे। लेखक अपनी काग़ज़ की चिन्दियों को भी नहीं फाड़ता कि क्या पता आगे कभी कुछ काम की बात निकल आए। पर गाथा ने दिल कड़ा करके इस अध्याय को ख़त्म कर डाला था।

⬆

''**सच** कहो, तुम्हारे साथ कोई हादसा तो नहीं हुआ सिलीगुड़ी में? तुम जबसे आई हो, लगता है जैसे कुछ बदल गई हो। जाने क्या सोचती रहती हो। न कोई किताब पढ़ती हो न कुछ लिखती हो। न कम्प्यूटर पर रात देर तक बैठती हो''—पति की महीने-भर बाद की गई टिप्पणी से गाथा चौंक गई थी। क्या वाक़ई इस हद तक उसके ऊपर प्रमित सान्याल की असलियत जानने का असर हुआ है!

''किसी का असमय अचानक इस तरह गुज़र जाना मन को सन्न कर जाता है। हालाँकि मैं उससे कभी मिली नहीं थी, पर उसका लिखा सब कुछ पढ़ा था। सच पूछो तो मैंने उससे मिलने का मौक़ा सोचकर ही उस सेमिनार में जाने की हामी भरी थी। सोचती हूँ कि जीवन काँच की तरह टूटकर कभी भी धूल में मिल सकता है। वह तो मुझसे कम से कम बीस बरस छोटा था। उसे अभी कितना कुछ और लिखना था।''

''क्या तुम उसी से ईमेल पर इतनी बातें करती थीं?''

''हाँ। उससे भी काफ़ी बातें होती थीं बीच-बीच में।''

न जाने क्यों अपने वजूद को पूरी तरह साझा करना अपने से बेईमानी करने जैसा लगता है। नहीं, सारी बातें किसी को बताई नहीं जा सकतीं। भले ही उसमें छिपाने जैसा कुछ न भी हो। हम इसी तरह ख़ुद को अपने लिए बचाए रख सकते हैं।

साल-भर का अन्तराल काफ़ी है कि उस सारे क़िस्से की चीरफाड़ कर उसका पोस्टमार्टम किया जा सके। इस बात की कोई सम्भावना नहीं कि मन एक नए सिरे से विचलित होगा। प्रमित सान्याल एक पढ़ा-लिखा असाधारण शख़्स था, इसमें कोई सन्देह नहीं। उसने अपने को अवैध सन्तान क्यों बताया होगा? बेशक उद्देश्य यह रहा होगा कि गाथा की सहानुभूति पाई जा सके। उसने अपनी उम्र गाथा के बेटे जितनी क्यों बताई होगी? ताकि गाथा के मन में उसकी दोस्ती की मंशा के प्रति कोई सन्देह न हो?

पर उसे क्या ज़रूरत थी कि वह गाथा को मिलने के लिए या अपनी कविताएँ सुनाने के लिए बुलाए? यदि मान लिया जाए कि उसकी सारी बातें झूठ थीं, कि वह एक अधेड़ प्रोफ़ेसरनुमा व्यक्ति था, तो वह उससे मिला क्यों नहीं? क्या वह सचमुच किसी आतंकवादी गुट से जुड़ा हुआ था और किसी तरह की मुसीबत में था?

अचानक गाथा को एक बात याद आई। एयरपोर्ट पर बैठे हुए प्रमित ने उसे लिखा था—"यह सिर्फ़ मैं ही हूँ जिसने तुमसे यह सब साझा कर अपने साथियों से दग़ा किया है। उन लोगों से, जिनके बिना मैं सड़क पर घूमते लावारिस कुत्ते से ज़्यादा कुछ नहीं होता। हो सकता है ऐसा करने की मुझे कोई बड़ी क़ीमत भी चुकानी पड़े।"

उफ्! क्यों उसने सारी ईमेल हटा दीं? क्या पता वहाँ से कुछ और भी जाना जा सकता था!

क्या प्रमित ने भी उसकी सारी ईमेल हटा दी होंगी? क्या वह ठहाके लगाकर हँसता होगा जब सोचता होगा कि उसने गाथा को किस तरह बेवक़ूफ़ बनाया?

यह पता चलने पर भी कि वह एक ख़तरनाक व्यक्ति है, गाथा ने उससे बातचीत जारी रखी थी कि किसी तरह उसे समझाकर उस रास्ते से हटा सके।

कौन जाने कि वह क़ब्र में पाँव लटकाए अपने कमरे की छिपकलियों से भी डरने वाला एक बूढ़ा हो जिसने असल में एक बन्दूक़ को देखा भी न हो। जिन जुमलों से उसने शुरू में गाथा को प्रभावित किया था वे तो आसानी से कहीं से उठाए हुए हो सकते हैं।

उफ़! कितनी होशियारी से उसने अपने पात्र को गढ़ा था। गाथा क्या कोई भी उसके झाँसे में आ जाता। उसकी अवैध सन्तान होने की पीड़ा! किसी विदेशिनी से उसका खोया हुआ प्रेम! उसके सम्भावित उपन्यास का अद्‌भुत प्राक्कथन कि महाकाव्यों को फिर से लिखे जाने का समय आ गया है! अपनी ज़िन्दगी की कहानी उससे न लिखने के अनुरोध का नाटक! गाथा के लेखन को जादूविहीन बताकर उसका मज़ाक़ बनाना!

अचानक गाथा सोचते-सोचते रुक गई। कहीं वह बिलकुल ग़लत तो नहीं सोच रही? ऐसा भी तो हो सकता है कि प्रमित सान्याल ने उससे सौ प्रतिशत सच बोला हो।

क्या वे ईमेल फिर निकाली जा सकती हैं?

अब समझ में आ रहा है कि पुरानी चिट्ठियों, काग़ज़ों और दस्तावेज़ों को आदमी जीते जी नष्ट क्यों नहीं करना चाहता। बहुत सारे रहस्य होते हैं जो समय बीत जाने के बाद अपने आप खुलने लगते हैं। जल्दीबाज़ी में चीज़ों को बेकार मान लेना बेवक़ूफ़ी है। रिश्तों को भी। हम कोई दरवाज़ा बन्द कर लेते हैं किसी रिश्ते पर। सोच लेते हैं कि अब उसे ज़िन्दगी-भर नहीं खोलना है। पर कौन जाने कि अपना ही मन कब बदल जाए। वह दरवाज़ा खोलना ही जीवन का सबसे ज़रूरी काम लगने लगे।

गाथा की भाभी ने बाईस साल की उम्र में आत्महत्या कर ली थी। जिस रूपमती

स्त्री का पति उसे जी-जान से चाहता हो वह एक मामूली झगड़े पर बेगोन स्प्रे की बोतल पीकर जान कैसे दे सकती है? गाथा को इस बात का जवाब हर हालत में चाहिए था। जिस समय घर के लोग सदमे में डूबे जड़ होकर बैठे थे, गाथा अपनी भाभी की सारी किताबें, डायरियाँ, पन्ने बटोरकर एक थैले में भरकर अपने घर ले आई थी। जब वह देर रात हाथ में थैला लिए अपने मकान में लिफ़्ट के लिए खड़ी थी, एक बिल्ली अचानक कहीं से कूदकर उस थैले से टकराकर चली गई थी। गाथा घबराहट से पसीने-पसीने हो गई थी। क्या किसी के मरने के बाद उसकी निजी ज़िन्दगी में ताक-झाँक करना ग़लत है?

गाथा को उन काग़ज़ों में एक पैकेट मिला था जिसमें हाथ से लिखे पन्नों को चिन्दी-चिन्दी कर इकट्ठा किया हुआ था। इस हालत में कि उन्हें पढ़ा ही नहीं जा सकता था। गाथा बहुत दिनों तक उन चिन्दियों को बिछाकर कुछ अर्थ निकालने की चेष्टा करती रही थी। पर अर्थ पहुँच के बाहर था।

''**अरे** नहीं, आपका तो 'रिसाईकिल बिन' भी ख़ाली है। अब पुरानी ईमेल को निकाला नहीं जा सकता''—कम्प्यूटर मिस्त्री ने कहा।

'बिन' यानी कूड़ादान। यों अगर कूड़ा काग़ज़ की चिन्दियों का भी होता तो क्या! उससे भी तो कोई बात निकालना असम्भव ही होता। गाथा निराशा से भर गई।

वैसे देखा जाए, तो वह फिर वहीं क्यों लौटना चाह रही है, जहाँ जाने का न तब कोई मतलब था और अब तो यह एक नई सनक से ज़्यादा कुछ नहीं।

अचानक गाथा को याद आया, अरे फ़ेसबुक भी तो है। प्रमित सान्याल की तस्वीर उसने देखी थी। भले ही वह तस्वीर सिर झुकाकर गिटार बजाते किसी आदमी की इतनी धुँधली काली-सी तस्वीर थी कि उसे सीआईडी वाले भी न पहचान पाते।

गाथा ने फ़ेसबुक खोला। वही तस्वीर थी। पर और कुछ नहीं। हर तरह की जानकारी

के आगे लिखा था—'आस्क' यानी आप पूछकर ही जान सकते हैं कि वह किस स्कूल, कॉलेज या शहर से जुड़ा था। गाथा ने उसकी मित्र सूची में जाकर देखा। एक नाम मिला जो उसका भी मित्र था। किसी कॉलेज में पढ़ने वाला एक छात्र। क्या उससे पूछा जाए कि वह प्रमित सान्याल को व्यक्तिगत तौर पर जानता है क्या? पर जिसे हम ख़ुद नहीं जानते उससे ऐसा प्रश्न कैसे पूछें?

गाथा ने उसे अपनी किताब जिस पते पर भेजी थी, क्या उस पते पर एक चिट्ठी लिखी जाए? प्रमित ने कहा था कि वह उसके एक दोस्त का पता है जो किसी चाय-बाग़ान में काम करता है।

पर यह सब करके होगा क्या?

गाथा को पक्का यक़ीन हो गया है कि इस सृष्टि में सब एक-दूसरे से अदृश्य धागों से जुड़े हैं। एक नए ईमेल पते से उसके पास शादी का एक निमंत्रण पत्र आया है। जाने कौन है—सोचते-सोचते वह ईमेल खोलती है। एक क्षण के लिए उसे विश्वास ही नहीं होता कि ऐसा भी हो सकता है। प्रमित सान्याल ने उसे फिर ईमेल भेजी है—अपनी शादी में आने का न्योता देने के लिए।

गाथा को समझ में नहीं आता कि उसे क्या जवाब दे। एक बार जिसके पीछे जाकर इस क़दर परेशान हुई, क्या दुबारा उस घटना को दोहराने की बात सोची भी जा सकती है?

जिन रिश्तों से दर्द मिल चुका होता है, वहाँ फिर जुड़ने का एक ही तरीक़ा बचता है। औपचारिकता या शिष्टाचार का। गाथा सावधानी से शब्द चुनते हुए उसे बधाई देती है। उन दिनों आना सम्भव नहीं होगा क्योंकि उसी दिन ख़ुद उसी के परिवार में किसी की शादी है। पर उसकी शुभकामनाएँ हमेशा प्रमित और उसकी पत्नी के साथ होंगी। वग़ैरह-वग़ैरह।

"गाथा इस एक साल में तुम ठीक वैसी ही हो गई हो जैसी तुम्हारे तबके की औरतें होती हैं। मुझ से बात न कर पाने का बहुत बुरा असर हुआ है तुम पर।"

गाथा पर उन धारदार शब्दों का वैसा ही असर हुआ है जैसा प्रमित ने चाहा होगा। पर यह संज्ञान तो इंसान को प्रतिक्रिया कर लेने के बाद ही होता है।

"हाँ, एक साल बाद तुम भी एक आम आदमी की साधारण ज़िन्दगी जीने का सपना देखने लगे हो। असल में अपने माने हुए सिद्धान्तों के आकाश में उड़नेवाले लोग देर-सबेर धरती पर उतरते ही हैं। तब उनकी भाषा भी आम आदमियों की तरह अपना फ्रस्ट्रेशन दूसरों के धर्म, जाति और तबके को लताड़ने में ज़ाहिर होती है।"

"गाथा, हम लड़ क्यों रहे हैं? मेरी शादी में मुझे तुम्हारा आशीर्वाद चाहिए। क्या तुम मुझ से इतनी नाराज़ हो उस दिन के वाक़ये के लिए, कि मैं तुमसे इतनी भी उम्मीद नहीं कर सकता?"

गाथा लज्जित होती है। इस शख़्स में क्या हुनर है भाषा को अपने मन मुताबिक़ अपने फ़ायदे के लिए इस्तेमाल करने का। पर क्या किया जाए! ख़ुद गाथा ने इसकी पुरानी ईमेल खोजते-खोजते जैसे इसे पुनर्जीवित कर लिया है।

"तुम जानते हो प्रमित कि ऐसा नहीं है। तुम एक नए जीवन की राह पर चल पड़े हो—इस बात की मुझसे ज़्यादा ख़ुशी किसी को नहीं हो सकती।"

"**तुम्हें** तो ख़ुश होना ही चाहिए सबसे ज़्यादा। पूरे एक साल तक मैं तुम्हारी ईमेल को बार-बार पढ़ता रहा हूँ। मुझे लगा कि मुझे तुम्हारी बातें मान लेनी चाहिए। यों भी सत्ता की बन्दूक़ के आगे ग़ैरबराबरी की लड़ाइयों में चींटियों की तरह मारा जाना हमारी नियति है। आज तक इतिहास में ऐसी लड़ाइयों से ख़ास बदलाव नहीं हुए हैं।"

गाथा का मन एक़बारगी हवा में उड़ने लगता है। क्या सचमुच प्रमित ने उसकी

बात मानकर अपना रास्ता बदल लिया है? फिर वह ठिठक जाती है। क्या पता यह मिजाजपुरसी किसी नई योजना के तहत की जा रही हो!

"तुम क्या सोच रही हो गाथा, मैं जानता हूँ। तुमने मेरे बारे में पता लगाने की, मेरा रहस्य जानने की बहुत कोशिश की होगी। पर तुम्हारे हाथ कुछ नहीं लगा होगा। तुम्हारे पास मुझ पर, मेरी बातों पर विश्वास करने के अलावा कोई रास्ता नहीं। तुम ज़्यादा से ज़्यादा मेरे ईमेल एकबार फिर ब्लॉक कर सकती हो।"

गाथा स्तब्ध है। इस आदमी के पास कोई पराशक्ति है क्या!

"हाँ तुम तो अन्तर्यामी हो। सबके अन्दर की सब बातें जानते ही हो। फिर भी तुम्हें बताना चाहूँगी कि मुझे तुम्हारी हर बात पर सन्देह है। मुझे यही समझ नहीं आता कि तुम्हें मुझमें इतनी दिलचस्पी क्यों है? क्यों तुमने मुझे अपनी शादी का निमंत्रण भेजा है? तुम कुछ भी करो न करो, मुझे क्या? प्लीज़ मुझे डिस्टर्ब मत करो।"

↑

"**गाथा,** मुझे पता है कि ग़लती मेरी है। हमारे बीच सिर्फ़ शब्दों का रिश्ता था। मेरे ही कारण मेरे शब्दों पर से तुम्हारा भरोसा उठ गया है। जॉर्ज स्टाइनर इसे 'रिट्रीट फ्रॉम द वर्ड' बोलता है यानी शब्द से इंसान का दूर होते जाना या अलग होते जाना।"

"मतलब?" गाथा पूछे बिना नहीं रह पाती।

"मतलब यह है कि शब्दों का हक़ीक़त या सच्चाई के साथ एक कांट्रैक्ट, एक अनुबन्ध होता है। आदमी के अनुभव और कल्पना के मूल में भाषा पर यह भरोसा ही है। किन्तु इतिहास में जब-जब झूठ बोले गए हैं, जब-जब किसी सिद्धान्त की आड़ में तर्क और इन्सानियत का गला घोंटा गया है, शब्द की रीढ़ में झूठ और अविश्वास भरता गया है।"

"तो चलो प्रमित, अब तुम मुझे अपना पूरा सच बता ही डालो। मैं एक नए सिरे से तुम पर, तुम्हारे शब्दों पर भरोसा करने के लिए तैयार हूँ। बताओ कि तुम

कौन हो, क्या करते हो और तुमने मुझे क्यों बुलाया था?''

''गाथा, मुश्किल यह है कि मैं ख़ुद नहीं जानता कि क्यों मैंने तुम्हें अपना पूरा सच बता डाला था।''

↑

गाथा फिर विश्वास और अविश्वास के झूले में झूल रही है। वैसे उसे प्रमित सान्याल के सच्चे होने या झूठे होने से क्या लेना-देना है! क्या इतना काफ़ी नहीं कि प्रमित से बातचीत उसे एक अलग धरती पर ले जाती है जहाँ तरह-तरह के खोज निकाले हुए सच हैं, भ्रान्तियाँ हैं, गड्डमड्ड धारणाएँ हैं, पर दुनिया पर एक बार फिर से सोचने की बहुत गुंजाइश है। गाथा की समस्या सिर्फ़ भावनात्मक स्तर पर जुड़ जाने की है। तो क्या एक क़िस्म का रूमानीपन साहित्य से हटाने पर भी लेखक के मन में छुपा बैठा रहता है?

''चलो छोड़ो प्रमित, हमारी-तुम्हारी बातें। यह तो बताओ कि तुम्हारी होने वाली पत्नी यानी कि दीपशिखा क्या करती है? तुम उससे कहाँ मिले?''

''उससे मैं बोरखेज के मार्फ़त मिला। तुमसे बातचीत बन्द हुई, उससे शुरू हो गई। प्रकृति में शून्य नहीं रहता न!''

''अच्छा! तो तुम्हारी पहली बातचीत बोरखेज पर हुई?''

''मैंने उसे कहा कि मुझे अभी-अभी पता चला है कि ईश्वर है और वह एक क्षत्रिय है। हम दरअसल विष्णु के देखे जा रहे सपने की दुनिया में रह रहे हैं।''

''क्या! बोरखेज ने यह सब कहाँ कहा है?''

''अपनी एक कहानी में। वह कहता है कि हम सब असल में किसी न किसी के देखे हुए सपने हैं। उन दिनों हम दोनों बोरखेज का कहानी संग्रह 'लेबरींथ' पढ़ रहे थे।''

“**तो** दीपशिखा ने मान लिया कि बोरखेज की तुम्हारी व्याख्या सही है? कि ईश्वर विष्णु नाम का एक क्षत्रिय है और हम जिस दुनिया में रह रहे हैं वह उसका चलता हुआ सपना है?”

“हाँ। बिलकुल मान लिया। वह बोरखेज पर एक थीसिस लिख रही है। सारी थीसिस बिलकुल बेकार-बोगस होती हैं क्योंकि उनमें इस तरह की खोजें नहीं लिखी जातीं। तुम्हीं बताओ तुमने भी तो पी-एच.डी. कर रखी है किसी कवि पर।”

गाथा हँसती है। उफ़ यह व्यक्ति कितने मज़े से दुनिया के हर काम का, किसी की उपलब्धि का इस तरह मज़ाक़ बना सकता है। पर इसकी बातें ख़ारिज नहीं की जा सकतीं। इनमें सच कहीं-न-कहीं बैठा आपको दिख ही जाया करता है।

“सोचती हूँ मेरी थीसिस भी बोगस ही थी। पर उस समय मुझे ऐसा नहीं लगा था।”

“गाथा मैं इसीलिए तुमसे प्रेम करता हूँ। तुम जानती हो कि तुम महा बोगस हो और तुम इसे स्वीकार भी कर लेती हो।”

“तो दीपशिखा से तुम्हारी सारी बातें बोरखेज़ पर होती हैं। उसकी थीसिस पूरी हो गई या तुम्हारे मार्गदर्शन में शादी के बाद होगी?”—गाथा चुटकी लेती है।

“अभी तो हम ईश्वर पर बात कर रहे हैं। मानो कि मैंने आँखें बन्द कर लीं और चिड़ियों का एक झुंड देखा। एक क्षण के लिए। अगर ईश्वर है तो उसे पता होगा कि मैंने कितनी चिड़ियाँ देखीं। आठ या सात या कम या ज़्यादा? वह संख्या मिली नहीं, पर ईश्वर है यह तो पता चल गया।”

“यह सब बोरखेज ने लिखा है?”

“**बोरखेज** ने क्या लिखा है यह तुम अपने आप पढ़ लेना। बिलकुल मौलिक

व्याख्या सुननी हो, तो मुझसे बात करो। हाँ तो सुनो, आज मैं सुबह उठा और मैंने पाया कि ईश्वर के साम्राज्य में सब कुछ ठीक है।''

''वाह इससे अच्छी और क्या बात हो सकती है? लगता है आज का अख़बार तुमने अभी नहीं देखा है। तुम्हारे इलाक़े में शान्ति के लिए वार्ता चल रही है। मैं नहीं जानती तुम्हारा इसके प्रति क्या रुख है?''

''मैं शान्ति के लिए सिर्फ़ किताबें पढ़ता हूँ और संगीत सुनता हूँ। राजनीति से शान्ति का दूर-दूर का वास्ता नहीं है। वैसे तुम्हें अगर परम शान्ति का अनुभव करना हो तो मैं तुम्हें एक तरकीब बता सकता हूँ।''

''बताओ। शान्ति किसे नहीं चाहिए?''

''तुम किसी ऐसे कमरे या कोठरी में बैठो जहाँ कम से कम दो सप्ताह से कोई आया-गया न हो। जहाँ किसी तरह की इच्छा, भावना, संकल्प, विचार—का प्रवाह न हुआ हो। ऐसी जगह जाओ जहाँ की हवा में साँस न ली गई हो। कर के देखो। आदमी जहाँ जाता है वहाँ की हवा बिगाड़ देता है।''

''लेकिन हमारे जाने के बाद तो वहाँ भी हवा वैसी नहीं रहेगी न? तुमने आज का अख़बार देखा?''

''यह संसार हमेशा से युद्ध में लगा रहा है और हमेशा लगा रहेगा। ख़ुद तुम्हारे कृष्ण ने कहा है न कि मैं ही तुम्हें सुरक्षा देता हूँ और मैं ही तुम्हें नष्ट करता हूँ?''

''अपनी बात साबित करने के लिए तुम किसी को भी पकड़ लोगे।''

''सच यही है गाथा कि प्रेम और घृणा के बीच कुछ नहीं है।''

''यह तुम्हारा सच है। सबका नहीं।''

''तुम अपना बताओ।''

''**प्रमित,** तुम्हारी बातें हमेशा अतिवादी होती हैं। मेरे ख़याल से प्रेम और घृणा के बीच हज़ारों दुविधाएँ हैं। उनमें से जितनी प्रेम की तरफ़ झुकती हैं, उनमें

सांत्वना है। जितनी घृणा की तरफ़ झुकी हैं, वहाँ अवसाद है। क्रूरता है।"

"सारी समस्या दुविधा में रहनेवालों की है।"

"साफ़-साफ़ घृणा करनेवालों से ऐसे लोग बेहतर हैं।"

"किन्तु दुविधा में रहने वाले कभी कोई निर्णय नहीं ले पाते। वे बस तमाशबीन बनकर रहते हैं।"

"वे निर्णय लेते हैं। ख़ुद जीने का और दूसरों को जीने देने का।"

"तुम्हें पता होना चाहिए गाथा कि यही लोग होते हैं जो सबसे पहले मारे जाते हैं।"

"दूसरों को मारने से ख़ुद मरना बेहतर है।"

"ओह तुम्हारी बातें कितनी प्यारी हैं!"

"जब मैंने गाड़ी चलाना सीखा तो मेरे मन में यह प्रार्थना रहती थी कि मेरी गाड़ी से यदि किसी को चोट पहुँचे तो ख़ुद मुझे ही। किसी और को कभी नहीं।"

"और तुम चाहती हो कि मैं तुम्हारे जैसे सोचूँ?"

प्रमित ने जवाब में एक तस्वीर भेजी है जिसने एक तीस-पैंतीस साल का युवक एक लम्बी बन्दूक़ से कहीं निशाना साध रहा है। तस्वीर घर के अन्दर की है क्योंकि पीछे एक अल्मारी है। पर बन्दूक़ कोई साधारण बन्दूक़ नहीं लग रही। क्या यह 'ए के फ़ोर्टी सैवन' है?

गाथा स्तब्ध है। यह मज़ाक़ है या उसे डराने की चेष्टा? क्या यह युवक ख़ुद प्रमित है? गाथा गिटार बजाते युवक की तस्वीर से उसे मिलाने की कोशिश करती है।

"प्रमित, यह क्या मज़ाक़ है? तुमने अपनी शादी का निमंत्रण न भेजा होता तो मैं तुम्हें फिर ब्लॉक कर चुकी होती। अब बन्दूक़ से तुम्हें क्या काम है?"

"मैं जीवन की हक़ीक़तों से तुम्हारा परिचय करवा रहा था जिन्हें जाने बिना ही

तुम लेखक बन बैठी हो। इससे तुम्हें फ़ायदा ही होगा, कोई नुक़सान नहीं। यह बन्दूक़ उन ख़ास गुरिल्लों को दी जाती है जो बदले की आग में जलते हुए किसी को मारने का इन्तज़ार नहीं कर सकते। वे भूखे होते हैं बन्दूक़ की गोली को किसी के अन्दर डालने के लिए।''

''और ऐसे दरिंदे तुम्हारे साथी हैं? क्या पता उनमें से कोई किसी दिन तुम्हें ही मार डाले!''

''गाथा मुझे कोई क्यों मारेगा? उन्हें मेरी ज़रूरत है। ज़िन्दगी का गणित बहुत सरल है गाथा।''

''मुझे तुम यह सब क्यों बता रहे हो? क्यों यह सब दिखा रहे हो? मतलब इस तरह की तस्वीर? मुझे लेखक बने रहने के लिए तुम्हारी मदद नहीं चाहिए।''

''मैं तुम्हें शायद इसी तरह यक़ीन दिला सकता हूँ कि मैंने तुम्हें जो कुछ कहा था सच था। मैं झूठ नहीं बोल पाता। बस यही मेरी एक कमज़ोरी है।''

''**प्रमित** मेरी दिलचस्पी सिर्फ़ तुम्हारे वर्तमान में है। तुमने शादी करने का निर्णय एकदम सही वक़्त पर लिया है। हथियार उठानेवाले तुम्हारे साथी अब उकता चुके हैं। लोकतंत्र में और भी तरीक़े हैं स्थितियों को बदलने के।''

''मुश्किल यह है कि लोग यह समझते हैं कि हम शान्ति की बात इसलिए कर रहे हैं क्योंकि हम कमज़ोर पड़ गए हैं। मैं ऐसे मूर्खों से कोई बात नहीं करना चाहता। उनकी मूल समझ में ही खोट है।''

''प्रमित लोग भले मूर्ख ही हैं पर समझौता करने से एक सामान्य जीवन तो जी पाओगे तुम लोग।''

''कितनी भोली हो तुम गाथा। तुम्हें लगता है कि सदियों से दबे-कुचले लोगों को हथियार डाल देने पर बराबरी का हक़ मिल जाएगा? यह कोई परी-कथा है जिसमें अन्त में सब कुछ ठीक हो जाता है? भुखमरी से तंग आकर जंगल में छोड़े गए बच्चे डायन को मारकर धन की पोटली लेकर अपने दुखी माँ-बाप

के पास लौट आते हैं।''

''शायद नहीं प्रमित। पर ठीक होने की शुरुआत तो हो सकती है।''

''गाथा, मैं इसीलिए कोई उपन्यास नहीं लिखना चाहता क्योंकि मुझे कोई सुखान्त नज़र नहीं आता।''

''**अच्छा,** प्रमित, यह बताओ कि उस तस्वीर में घर के अन्दर बन्दूक़ का निशाना साधता वह आदमी कौन है? क्या वह तुम्हारे साथ रहता है?''

''तुम्हारी ऐसी बातों पर मुझे बेहद हँसी आती है। तुम्हें क्या लगता है कि मैं गूगल से निकालकर किसी की तस्वीर तुम्हें भेजूँगा? वह मैं नहीं हूँ पर वह मेरा हमशक्ल है। हिन्दी फ़िल्मों की तरह।''

''हमेशा की तरह मुझे समझ में नहीं आता कि तुम्हारी बात का क्या अर्थ लगाया जाए।''

''हाँ मेरी ज़िन्दगी में कुछ भी साफ़ नहीं है। कितनी कल्पना यथार्थ को धुँधला कर चुकी है मुझे ख़ुद नहीं मालूम। सब कुछ अस्पष्ट है। ऐसी ही ज़िन्दगी जीता हूँ मैं।''

''वह तुम हो या नहीं?''

''तुम पता नहीं क्यों हर बात का एक पत्थर की तरह ठोस जवाब चाहती हो। इतने दिनों तक मुझसे बात करके भी तुममें कोई परिवर्तन नहीं आया है।''

गाथा को ग़ुस्सा आने लगा है।

''टू हैल विद यू—जहन्नुम में जाओ।''

''देखो उस दिन बन्दूक़ से मेरी तीन अँगुलियाँ जल गईं। बहुत दिनों बाद हाथ में लो, तो ऐसा ही होता है। पर लेनी पड़ती है जिससे जब मौक़ा पड़े, तो आदमी भावनाओं की गिरफ़्त में आकर काँपने न लगे। वैसे मैं मज़ाक़ कर रहा हूँ।''

“**क्या** हुआ? तुम्हें मैंने फिर नाराज़ कर दिया गाथा? छोड़ो भी। आज मैं दीपशिखा से मिलने जा रहा हूँ। एक आम आदमी की साधारण ज़िन्दगी जीने के लिए मैं किस क़दर बेचैन हूँ, तुम्हें कैसे बताऊँ। सिर्फ़ वही है जो मुझे बचा सकती है।”

गाथा का मन पिघले बिना नहीं रहता। यह आदमी जानता है कि कब किन शब्दों से किसी को मनाया जाय।

“मैं जानती हूँ प्रमित। यदि कोई ईश्वर है तो उससे ज़रूर दुआ करूँगी तुम्हारे लिए।”

“लेकिन गाथा मैं कई बार सोचता हूँ कि क्या मैं एक अच्छा पति बन पाऊँगा? मुझे बहुत घबराहट होती है। दीपशिखा मुझसे नाराज़ हो जाती है क्योंकि मुझे आइसक्रीम खाने जाना पागलपन लगता है। पता नहीं, मुझे क्या-क्या करना पड़ेगा उसे ख़ुश रखने के लिए।”

“अब तुम पर हँसने की बारी मेरी है। यदि तुम उससे प्रेम करते हो तो उसकी ख़ुशी में ख़ुश होना सीखो। जीवन का गणित बहुत सरल है प्रमित। तुम्हारे शब्द उधार लेकर कहूँ तो।”

“वह मांस, अंडा कुछ नहीं खाती। बीयर पीना तो उसकी नज़रों में महापाप है। मेरी रसोई ही मेरी नहीं रहेगी। सोचता हूँ कि क्यों मैं इस मुसीबत में अपने को डाल रहा हूँ।”

“**मुसीबत** तो है प्रमित, किसी को ख़ुश रखते हुए अपनी तरह से ज़िन्दगी जीना। कल ही मेरे पति मुझसे नाराज़ हो गए कि मैं इतनी रात गए कम्प्यूटर पर बैठी रहती हूँ या फिर मोबाइल में रह-रह कर जाने क्या देखती रहती हूँ।”

"अरे तुम्हें उनका ख़याल रखना चाहिए।"

"वैसे ही तुम्हें दीपशिखा का।"

"मेरी रातें तुम्हारे बिना
जैसे ठहरा हुआ पानी
जलकुम्भी के बीच उलझा
अपने को खोजता।"

"अच्छी कविता है प्रमित। तुमने लिखी है?"

"शायद। मुझे किसी बात का कभी पूरा पक्का यक़ीन नहीं होता। दरअसल मेरा जन्म तक एक सन्देहास्पद कथा जो है।"

"लौट आए न तुम अपने प्रिय विषय पर!"

"सचमुच गाथा। मेरे माँ-बाप को याद तक नहीं था कि उन्होंने कब शारीरिक सम्बन्ध बनाए। लेकिन मैं तो आ गया था। रेंगता, चिचियाता।"

गाथा निर्वाक है। हर बार यह शख़्स एक नई भाषा में नए तरीक़े से अपने को कोड़े लगाता है।

"प्रमित, तुम यह सब अपने मन से गढ़ रहे हो। तुम्हें यह सब किसने बताया? वे लोग तो तुम्हारे समझदार होने के पहले ही मर चुके थे।"

"लॉजिक! तर्क! बस तुम यही जानती हो। मुझे अच्छी तरह याद है एक बहुत गोरी औरत ने मुझे अपना दूध पिलाया था। वह मेरी माँ ही होगी। उसने कुछ कहा भी था मुझे, जो कि विशुद्ध प्रेम था।"

"**अच्छा,** प्रमित, यह बताओ शादी की क्या-क्या तैयारी हो चुकी है? क्या योजना है?"

"योजनाएँ तो बाइबिल से ली गई हैं। बस धरती किसके कन्धों पर रखनी है यह तय करना बाक़ी है।"

"अब यह कैसा मज़ाक़ है?"

"गाथा, कहीं मैं दीपशिखा को अपने जीवन के दुःस्वप्न में तो नहीं खींच रहा हूँ?"

"वह जानती है तुम्हारे अतीत को? तुमने बता दिया है सब कुछ?"

"नहीं गाथा। तुम्हारे सिवाय मैंने किसी को कुछ नहीं बताया है। मेरे साथियों से मुझे डर लगने लगा है। वे ज्वालामुखी हैं। कब उखड़ जाएँ, मैं नहीं जानता।"

गाथा का दिल काँप-सा जाता है।

"प्रमित, दीपशिखा पर भरोसा करो। वह तुम्हें तुम्हारे दुस्वप्न से निकाल लेगी।"

"और मैं अपने शरीर पर गोली के निशानों, अपनी टूटी हुई हाथ-पैर की हड्डियों के बारे में उसे क्या कहूँगा?"

"प्रमित, तुम एक अच्छे कहानीकार हो। यह सब तो किसी के साथ भी घट सकता है।"

"जैसे कि चोरों के साथ?"

"कह देना तुम बहुत ऊँचाई से गिर गए थे। एक तरह से यह सच भी होगा।"

"सच एक तरह का? यानी जो सच न हो, पर सच जैसा हो? यानी हम ख़ुद मान लें कि वह पूरा झूठ नहीं है?"

"छोड़ो प्रमित बाल की खाल मत निकालो।"

"एक सचमुच की बन्दूक़ की सचमुच की गोली होती है पर हम उसे कुछ और नाम दे दें? तुम मुझे कह रही हो कि मैं दीपशिखा को कहानियाँ बनाकर यक़ीन दिला दूँ कि मेरा कोई इतिहास नहीं है?"

गाथा कुछ नहीं कहती। पूछना चाहती है कि क्या दीपशिखा को उसके अवैध सन्तान होने के बारे में भी पता नहीं है? पर यह कैसे पूछा जा सकता है?

''प्रमित, तुम्हें ख़ुद अपने इतिहास को भूलना होगा। वरना वह तुम्हारे वर्तमान को खा जाएगा।''

''कैसे भूलूँ गाथा? मैं पाँच दिन तक मरे हुए लोगों के बीच सोता रहा। उस दुर्गन्ध को मैं भूल नहीं पाता। कभी-कभी खाते हुए मुझे वही गन्ध आने लगती है और मैं खा नहीं पाता।''

गाथा का दिल दहल रहा है। कोई शब्द हैं किसी शब्दकोश में जिनसे इस आदमी को किसी तरह सांत्वना दी जा सके।

''और सुनो गाथा। पिछले दस सालों से मैं एक दिन भी आराम की नींद नहीं सोया हूँ। हर बार नींद में मैं भूखा भटकता रहता हूँ, हमेशा जानलेवा प्यास से मरता रहता हूँ, हमेशा दु:ख से मेरा कलेजा फटता होता है, मेरे दिल के घाव टीसते रहते हैं।

तुम्हारे पास कोई फ़ार्मूला है मेरी नींद में मुझे भुलाने का?''

मुझे *लगा कि कोई चिल्लाया,*
'सोओ मत!
मैकबेथ नींद की हत्या कर रहा है।'
मासूम नींद
परेशानियों की सलवटों को हटाती नींद,
हर दिन को बाँहों में ले सुलाती नींद,
दुखती रग को पुचकारती नींद,
ज़िन्दगी का रस सँवारती नींद...
वह आवाज़ चीख़ती रही
'कोई सोओ मत
मैकबेथ ने नींद का क़त्ल कर दिया है
और इसलिए मैकबेथ कभी नहीं सोएगा।'

गाथा पढ़ लेती है। शेक्सपियर सब लिख गया है। उसके पास कहने के लिए कुछ नहीं है।

''**प्रमित,** तुम्हें एक नए सिरे से जीवन शुरू करने का मौक़ा मिला है। तुम्हारी घबराहट वाजिब है। पर शुरुआत के बाद सब ठीक हो जाएगा। तुम्हें याद भी नहीं आएगा कि वह पुराना प्रमित कैसे बन्दूक़ से दुनिया बदलने की सोचता था।''

''गाथा, तुम सचमुच इतनी भोली हो या तुम्हें इस तरह का नाटक करना पसन्द है? बेशक तीस सालों में पृथ्वी को भी याद नहीं रहेगा कि वह कितनी बार घूम चुकी है पर मुझे इसमें कोई शक नहीं है कि दुनिया को बदलना सिर्फ़ हिंसा से ही सम्भव है। तुम सहमत हो न हो।''

गाथा स्तब्ध रह जाती है। इस आदमी को किसी तरह की सांत्वना की कोई ज़रूरत नहीं है। यह अपनी धारणाओं में जम कर जड़ हो चुका है। वह ग़ुस्से से भर उठती है।

''तुम कहते हो प्रमित, कि तुम एक लड़की से शादी करने जा रहे हो। तुम भविष्य में पिता बनोगे तो क्या अपने बच्चों को यही सिखाओगे कि मारकाट ही जीने का एकमात्र तरीक़ा है?''

''मुझे सिखाना नहीं होगा गाथा। दुनिया का दस्तूर और चाल वे ख़ुद देखेंगे और जान जाएँगे। मुझे इसने रत्ती-भर भी सन्देह नहीं है।''

''**प्रमित,** तुम्हें दीपशिखा को यह सब बताना चाहिए। तुम इस तरह किसी को

धोखे में रख उससे शादी नहीं कर सकते।''

''तुम क्या मुझे आदेश दे रही हो? या धमकी?''

''मुझे तुम्हारी इस बात का कोई जवाब नहीं देना है। सिर्फ़ एक बार सोचो कि अगर तुम्हारे साथी तुम्हें फिर किसी ऐसे कांड में शामिल होने के लिए कहते हैं तो तुम क्या करोगे? दीपशिखा को बताओगे या उन्हें मना कर दोगे?''

''मैं उन्हें मना नहीं कर सकता। मेरे पास जो कुछ भी है उनका दिया हुआ है।''

''सोचो कि तुम्हें कुछ हो गया तो दीपशिखा और तुम्हारे बच्चे का क्या होगा? क्या तुम चाहोगे कि तुम्हारे बच्चे को उसी हालात से गुज़रना पड़े जिससे तुम गुज़रे?''

''मुझे डराने की चेष्टा मत करो गाथा। हमारा संगठन बहुत मजबूत है। हम सिर्फ़ दिमाग़ से ही नहीं, दिल से भी एक हैं। हमारे शरीर पत्थर की तरह मजबूत हैं। आत्मरक्षा की तरकीबों में हम बेजोड़ हैं। फिर भी अगर मैं मर गया, तो फ़िक्र नहीं। मेरी पत्नी और बच्चे को इतना धन मिलेगा जितना वे जीवन-भर में ख़र्च नहीं कर सकेंगे।''

⬆

''**प्रमित,** तुम्हें मुझे यह सब बताने की कोई ज़रूरत नहीं थी। सच पूछो तो मुझे कोई हक़ नहीं है कि तुम्हारे जीवन में और तुम्हारे तौर-तरीक़ों में दखलन्दाजी करूँ। पर हम सभी अपनी फ़ितरत से मज़बूर होते हैं।''

''और तुम्हारी फितरत यह है कि तुम चाहती हो सबके जीवन में—'उसके बाद वे हमेशा के लिए सुखी हो गए'—जैसा कोई अन्तिम वाक्य लिख सको। तुम्हें लगता है कि तुम कोई देवी हो जिसका कहा मानने से या जिसके दिखाए रास्ते पर चलने से सब ठीक हो जाएगा।''

''तुम मेरे इस वाक्य को मेरा अन्तिम वाक्य समझना। सदा ख़ुश रहना—जैसे भी जहाँ भी। आमीन।''

"गाथा, तुम मुझे इस तरह छोड़ नहीं सकतीं। तुम जानती हो, मैं कैसे चारों तरफ़ से बुरे सपनों से घिरा हुआ हूँ। मैंने सिर्फ़ तुमसे अपने प्रेम का, अपने स्वप्नों का, अपनी कराहती हुई आत्मा का साझा किया है।"

गाथा लिखना चाहती है कि तुम्हें लगता है प्रमित कि अब भी मैं 'देवी' होने की चेष्टा करूँगी? पर वह की-बोर्ड से हाथ हटा लेती है।

"गाथा, तुम्हें पता है कि मैं अकेले रहने का आदी हूँ। मैं सामाजिक प्राणी नहीं हूँ। मुझे किसी को ख़ुश रखना नहीं आता। तुम मेरी सारी कमियों को जानती हो। फिर भी तुम क्यों बार-बार मुझसे नाराज़ हो जाती हो? क्या तुम सिर्फ़ मेरी दोस्त बनकर नहीं रह सकतीं?"

"**गाथा,** मुझे कई बार महसूस होता है कि तुम मुझे अपने उपन्यास के एक चरित्र की तरह देखने लगी हो। तुम्हारे दिल में मेरे प्रति कोई सहानुभूति नहीं बची है। मैं तुम्हारे लिए सिर्फ़ एक कहानी हूँ। तुम एकदम कठोर हृदय हो।"

गाथा अन्तिम वाक्य लिख चुकी है। पर क्या सचमुच लिखा जा चुका है इस शख़्स को अन्तिम वाक्य? कितनी मूर्खतापूर्ण फ़ीलिंग है, पर सचमुच उसके दिल में दर्द हो रहा है। गाथा टाइप करने के लिए अँगुली की-बोर्ड पर रखती है। फिर हटा लेती है।

"मैं जानता हूँ गाथा, कि तुम कम्प्यूटर पर बैठी की-बोर्ड को बार-बार छू रही होगी। ठीक है तुम उपन्यास ही लिखो मुझ पर। मेरी ज़िन्दगी का मोल तुम्हारे लिए उतना ही है जितना एक बिज़नेसमैन के लिए पूँजी का होता है। मैं सोचता हूँ कि मैं शादी करने का इरादा छोड़ दूँ। ख़ुश तो मैं किसी को रख नहीं पाता इस गँदली मनहूस धरती पर।"

गाथा को समझ में नहीं आता कि वह क्या करे। इस शख़्स के पास शायद बचे रहने का एक ही रास्ता है कि वह अपनी गृहस्थी बसा ले। अब निमंत्रण-पत्र छपवा कर यदि वह अपना इरादा बदल लेता है तब तो इसका भगवान मालिक है।

“वैसे अब मैं सचमुच सोच रहा हूँ कि अपना उपन्यास लिख डालूँ। भले ही इसमें दार्शनिकता का नाटक होगा, इतिहास की गर्दन मरोड़ी जाएगी और ‘महाकाव्यों को फिर से लिखने का समय आ गया है’ जैसा बेसिर-पैर का आह्वान होगा, पर कुछ लोग तो होंगे जो इसे पढ़ना चाहेंगे।”

“हाँ प्रमित, कम से कम मैं तो ज़रूर पढ़ना चाहूँगी।”

गाथा लिखे बिना रह नहीं पाती।

↑

“**गाथा,** लिखने के लिए मुझे हिमालय में एक गुफ़ा की ज़रूरत है। बस सिर्फ़ इंटरनेट होना चाहिए। और कुछ नहीं।”

गाथा हँसे बिना नहीं रह पाती। प्रकृति भी न जाने कितने ऐसे प्रतिभाशाली ख़ुराफ़ातियों को पोसती है।

“हाँ बाक़ी तो तुम भेड़-बकरियों के साथ चरकर पेट भर ही लोगे।”

“तुम्हें सोलोमन महान की बात नहीं भूलनी चाहिए। बिना बीयर के लिखना एक गुनाह है। गाथा तुम्हें इसके लिए सिर्फ़ ईश्वर ही माफ कर सकता है।”

“तुम्हारे लिखने का उद्‌देश्य क्या होगा प्रमित? क्या तुम अपनी आत्मकथा लिखोगे?”

“अरे नहीं, मैं तो अनादि काल से अब तक के मनुष्य की यात्रा का इतिहास लिखना चाहता हूँ। जैसे कि अपनी पूँछ खोने और दोपाए बनने के बाद उसके साथ क्या-क्या हादसे हुए। दरअसल मुझे लगता है कि मनुष्यता के इतिहास में सिर्फ़ उसकी उपलब्धियों की बातें लिखी गई हैं मसलन आग या चक्के का आविष्कार। इसके साथ जुड़े अजीबोग़रीब क़िस्से लोगों ने मूर्ख साबित होने के डर से नहीं लिखे।”

“तुम्हारे दिमाग़ में कहाँ से इस तरह की बातें आती हैं?”

“मैं अचम्भे की सन्तान हूँ ना!”

"**अच्छा,** तुम बताओ गाथा, तुम किसलिए लिखती हो ? ऐसी कौन-सी बात दुनिया नहीं जानती जो तुम उसे बताना चाहती हो ? और तुम्हारे लिखने से क्या दुनिया बदल रही है ? बदल सकती है ? तो तुम क्या लोगों के मनोरंजन के लिए लिखती हो ? पर उसके तो लोगों के पास हज़ार और साधन हैं।"

"प्रमित, तुम सवाल कर रहे हो और ख़ुद ही जवाब दे रहे हो। मुझे नहीं लगता मैं इनके से एक भी कारण से लिखती हूँ। पहले तुम बताओ तुम यह जो कथा कहना चाह रहे हो, तुम्हारा क्या मक़सद है इसे लिखने का ?"

"मैं समझता हूँ कि आदमी की औक़ात पृथ्वी पर पड़ी धूल से ज़्यादा कुछ नहीं है। या कि एक चींटी से ज़्यादा जो अपने शरीर को पालने में लगी रहती है। पर आदमी में अपने शरीर से ऊपर उठकर विशुद्ध चेतना बनने की क्षमता है। मैं उसे यह बताने के लिए लिखना चाहूँगा।"

"प्रमित, मैं वही कथा लिखती हूँ जो सबके अन्दर बनती और ग़ायब होती रहती है। मेरी कथा में जब पाठक अपनी कथा को पहचान लेता है तो वह एक कौतुक-भरे आनंद का अनुभव करता है। यह एक तरह की मुक्ति है जो पढ़ने वाले को अपने से बाहर उड़ा ले जाती है। वहाँ से वह जीवन को फिर नए सिरे से समझ लेता है।"

"बाप रे ! तुमने तो काफ़ी बातें गढ़ रखी हैं। असल में तो फ़ौक़नर की बात सच है; जीवन एक मन्दबुद्धि गूँगे आदमी की कथा है जिसमें शोर और ग़ुस्सा भरा है—साउंड एंड फ़्यूरी। इस कथा का कोई अर्थ नहीं है क्योंकि इसे कोई नहीं समझता।"

"**गाथा,** जानती हो अभी मैं कौन सी किताब पढ़ने के लिए खोज रहा हूँ ?"

"कौन सी?" गाथा की उत्सुकता का पार नहीं है।

"चालीस की उम्र तक कैसे करोड़पति बना जाए—यह नाम है किताब का।"

"मज़ाक़ मत करो। यह भी कोई किताब है! और तुम्हें इतने पैसों की क्या ज़रूरत है? शादी तो साधारण तरीक़े से भी की जा सकती है।"

"मुश्किल यह है कि जिन लोगों को पैसा कमाने के लिए अपने दिमाग़ और अपने समय को दाँव पर न लगाना पड़ा हो, उन्हें क्या मालूम कि वे सिर्फ़ इसलिए लिख पाते हैं क्योंकि कोई उनके लिए सब कुछ किए दे रहा है।"

"प्रमित, ऐसी बातें मैं अपने लिए पहली बार नहीं सुन रही हूँ। यह बात अलग है कि तुमसे ऐसा निष्कर्षवादी फ़तवा पाने की मैंने उम्मीद नहीं की थी। इस तर्ज़ पर तो दुनिया के अरबपतियों को ही सर्वश्रेष्ठ लेखक होना चाहिए।"

"तुम हर बात को 'पर्सनली' क्यों ले लेती हो? तुम्हें पता है बोरखेज ने पैसे के बारे में क्या लिखा है?—'पैसा असल में कोई वस्तु नहीं है, किसी भी अमूर्त चीज़ की तुलना में। पैसा एकदम निराकार है। पैसा आदमी के भविष्य का समय है; पैसा किसी शहर के हरे प्रांतर में बिताई शामें हो सकता है; यह दिव्य संगीत हो सकता है; यह दुनिया का मानचित्र हो सकता है; शतरंज हो सकता है; कॉफ़ी का प्याला हो सकता है; यह एपिक्टेटस की सीख हो सकती है कि हमें स्वर्ण यानी सोने से क्यों नफ़रत करनी चाहिए...'

"बात समझ में आई, गाथा?"

"गाथा"

"हाँ?"

"तुम चुप क्यों हो?"

"प्रमित, मुझे समझ में नहीं आता कि तुम क्यों मुझसे बात करते रहना चाहते हो? तुम तो सर्वज्ञ हो। बांग्ला भाषा का यह शब्द जानते हो 'शौब-जानता'?

यानी सब कुछ जाननेवाला। तुम्हें न किसी सीख की ज़रूरत है न सलाह की। फिर मेरी भूमिका क्या है इस बातचीत में? शायद तुम मुझसे जो बोल रहे हो वह तुम्हारी अपने से ही बातचीत है। तुम्हारे लिए जैसे मैं हूँ ही नहीं। या मैं सिर्फ़ स्क्रीन पर चले आ रहे शब्द हूँ।''

''शौब-जानता शब्द जानता हूँ मैं। यह किसी का मज़ाक़ उड़ाने के लिए कहा जाता है।''

''हा-हा। देखा तुम यह भी जानते हो। अब तो यह प्रमाणित हो गया कि तुम वाक़ई सब कुछ जानते हो।''

''और सुनो, गाथा! सिर्फ़ तुम ही मेरे लिए स्क्रीन पर चले आ रहे शब्द भर नहीं हो। हम सभी एक-दूसरे के लिए कहे या सुने गए या कल्पना में या सपने में बोले गए शब्द ही हैं। यहाँ तक कि हम जब आमने-सामने किसी से मिलते हैं तब भी हमारे पिछले बोले गए और सुने गए शब्द एक मुखौटा—एक मास्क बनकर हमारे चेहरों पर चिपके रहते हैं।''

''यह भी तुम्हें बोरखेज ने बताया है? दीपशिखा के मार्फ़त?''

''नहीं। ये मेरे मौलिक बिचार हैं। बोरखेज़ को स्क्रीन के शब्दों का क्या पता था? वह तो पचपन की उम्र में अन्धा हो गया था।''

''**तुम्हें** पता है गाथा, हम सिर्फ़ तभी शब्द भर नहीं होते, जब हमारे हाथ में बन्दूक़ होती है। तब हम दुनिया को बदल सकते हैं। जो लोग अपने शब्दों से तबाही मचा रहे होते हैं, हम उन्हें बोलने से रोक सकते हैं।''

गाथा सहम जाती है। इस शख़्स से बात करने का कोई मतलब नहीं है। क्यों वह इस आदमी से सम्पर्क बनाए हुए है? क्या ख़ुद गाथा के पास इस बात का कोई जवाब है?

''प्रमित, तुम बहुत दूर चले गए हो जहाँ से तुम कभी लौट नहीं सकते। मैं समझ गई हूँ। फिर भी तुम्हें बिन माँगे एक सलाह दे रही हूँ। तुम जो हो, दीपशिखा

को बता दो। उसे बाद में पता चलेगा तो वह बर्दाश्त नहीं कर पाएगी।''

''मैंने एक दिन उसे कहा था कि मैं कम-से-कम एक पंडित और एक मुल्ला को गोली मरना चाहता हूँ जिससे धर्म के नाम पर चलनेवाली गन्दगी कम हो जाए। तो वह बहुत हँसी थी।''

''तो तुम उसे ऐसे ही बताते जाओ कि तुम किस-किस को और क्यों मारना चाहते हो। वह हँसती रहेगी। फिर वह किसी दिन तुमसे यह तो नहीं कह सकेगी कि तुमने उसे अपने बारे में धोखे में रखा।''

''गाथा, मैं मनुष्यों को नहीं मारता। मैं सिर्फ़ मच्छरों और घातक जंतुओं को मारता हूँ। मेरा दिमाग़ एकदम साफ़ है। अगर तुम्हारे पड़ोसी को तुम्हारे गोमांस या सूअर का मांस खाने में दिक़्क़त है तो तुम्हें उसकी भावना का सम्मान करना चाहिए। बात बस इतनी ही है। जब हिन्दू लोग गायों को काटने के लिए ले जाते देखते हैं तो उनका ख़ून खौलने लगता है।''

''प्रमित, तुम क्या हिन्दू हो?''

''**गाथा,** मैं क्या हूँ यह जानने की कोशिश मत करो। मेरा बाप हिन्दू था। मेरी माँ क्रिश्चियन थी। इतना तो तुम जान ही चुकी हो। इससे ज़्यादा जानकर तुम क्या करोगी?''

''मुझे लगता है तुम इंसानियत के एक अच्छे नमूने हो सकते थे। न किसी एक धर्म के। न एक 'रेस' या जाति के। न किसी एक भाषा के। न किसी एक रंग के। पर तुम तो उन्हीं लोगों जैसे निकले जो गाय को बचाना धर्म समझते हैं बजाय इंसान के!''

''शायद तुम्हें यह याद दिलाने की ज़रूरत है गाथा, कि आज के इंडिया का जन्म नफ़रत से हुआ था। मैं जिस हवा में साँस लेता हूँ मुझे उसकी हवा का सम्मान करना चाहिए। ज़िन्दगी बचाने के लिए कोई कुछ भी खा सकता है पर दूसरे का अपमान करने के लिए नहीं।''

"तो तुम्हें लगता है कि जो लोग गाय का मांस खाते हैं वे ऐसा हिन्दुओं के अपमान के लिए करते हैं?"

"जब खाने के लिए इतनी तरह के प्रोटीन उपलब्ध हैं तो फिर गाय ही क्यों? जिससे कि मेरे पड़ोसी को दु:ख पहुँचे? मेरे लिए गाय सिर्फ़ प्रोटीन है पर मैं उसे नहीं खाऊँगा क्योंकि मेरे पड़ोसी की निगाह में यह गुनाह है। ऊपर से सरेआम बाज़ार में गाय-भैंस काटना ज़रूरी तो नहीं? उसकी पैकिंग करके भी तो उसे बेचा जा सकता है!"

"तुम्हारे तर्क से बहुत असहमत नहीं हुआ जा सकता है क्योंकि इसका आधार नफ़रत न होकर संवेदनशीलता की माँग है।"

"देखो गाथा, मेरी निगाह में सभी धर्म बदसूरती से भरे हैं। कोई कम तो कोई ज़्यादा। असल में दूसरे को चोट पहुँचाने से बचना सबसे बड़ा धर्म माना जाना चाहिए। उदारवादी या लिबरल होने का मतलब धर्मों की बदसूरती को सहारा देना नहीं हो सकता।"

⬆

"**प्रमित,** अक्सर दोनों पक्षों के तर्क एक-दूसरे के प्रति दुश्मनी बढ़ाने वाले होते हैं। तुम्हारे तर्क में ऐसा कुछ नहीं जो नफ़रत बढ़ाए। तुम इस पर लिखते क्यों नहीं? तुम्हें अपनी बात सामने आनी देनी चाहिए।"

"हाँ, हो सकता है कि एक दिन मैं अपनी असली शक्ल दुनिया को दिखा दूँ। उन्हें बता दूँ कि धर्म के चुल्लू में डूब मरने लायक भी पानी नहीं। पर अभी उन्हें ऐसे ही लड़ने-मरने दो। अभी मेरा सतह पर आने का समय नहीं आया है।"

"यानी बन्दूक़ को दफ़न कर क़लम उठाने का? तो फिर शादी की भी इतनी क्या जल्दी है? इसलिए कि तुम खुद की एक भरोसेमन्द छवि दुनिया के सामने बना सको?"

"शादी? शादी कौन कर रहा है? वह तो मैंने कम्प्यूटर पर फ़ोटोशॉप से एक शादी का कार्ड बनाया था जिससे तुम मुझसे बात करो।"

गाथा स्तब्ध है। कोई ऐसा झूठ कैसे गढ़ सकता है? गॉड, यह आदमी तो पागल है!

"क्या हुआ? फिर मज़ाक़ नहीं समझ पाईं न? तो तुम यही समझ लेकर लिखती हो? कि शादी करने से आदमी भरोसेमन्द हो जाता है?"

गाथा का दिमाग़ चकरघिन्नी हो रहा है।

"प्रमित, मैं तुमसे कल बात करूँगी। मेरे पति मुझे खाने के लिए आवाज़ दे रहे हैं।"

"पूरी बात सुन लो। मैं सामने नहीं आ रहा तो इसलिए कि एक भटके हुए, दिशाहीन, 'धर्म-धर्म' का शोर मचाते समाज में अभी क्रान्तिकारी विचार उलझन ही बढ़ाएँगे।"

गाथा एक फ़िल्म की तरह लम्बा सपना देख रही है। वह प्रमित सान्याल की शादी का कार्ड हाथ में लिए एक अनजान शहर में घर-घर घूम रही है। शादी में दिए नम्बर का मकान किसी गली में कहीं है ही नहीं। वह पसीने-पसीने हो रही है। ऐसा कैसे हो सकता है? लोग दरवाज़ा खोलकर कार्ड देखते हैं और आगे वाली गली का घर बता देते हैं। एक आदमी कहता है, इस शहर में सारे पते ऐसे ही हैं। इस नाम की ही चार गलियाँ हैं। मकानों के नम्बर लाइन से नहीं हैं। जिसके जो मन में आया, मकान का नम्बर उसने वैसे ही रख लिया है।

खोजते-खोजते गाथा को एक घर दिखाई पड़ता है जहाँ बाहर में फूल-मालाएँ लगी हैं। दरवाज़ा खुला है। अन्दर से चहल-पहल की आवाज़ें आ रही हैं। गाथा राहत की साँस लेती है। मिल गया घर। अन्दर जाकर देखती है विवाह की वेदी बनी हुई है। सब मेहमान आपस में बातें करते खा रहे हैं।

वह एक औरत से पूछती है, दूल्हा दुल्हन कहाँ हैं? वह औरत हँस पड़ती है। अपने बग़ल वाले आदमी से कुछ कहती है। वह भी ज़ोर-ज़ोर से हँसता है। गाथा देखती है कि सारे लोग फुसफुसाते हैं और उसे देख-देखकर ठहाके लगाते एक-दूसरे पर गिरे जा रहे हैं। ऐसे भी कोई हँसता है कि किसी के कानों में दर्द ही हो जाए! गाथा अपने कानों पर हथेलियाँ रख लेती है।

गाथा की नींद खुल जाती है। अब तक हँसी की आवाज़ें उसके कानों में गूँज रही हैं। वह उठकर एक बोतल पानी पी जाती है। बग़ल में सोए पति को देखती है। ग़नीमत है कि यह एक सपना था। सपने में सब कुछ ऐसे लगता है जैसे असल में हो रहा हो। उफ़ कितनी अपमानित हुई वह सपने में! आज तक ज़िन्दगी में ऐसी स्थिति से नहीं गुज़रना पड़ा था। किस क़दर लोग हँस रहे थे उसे देखकर।

तभी रात के अँधेरे में गाथा को ऐसी ही एक घटना याद आ गई। पाँच-छः साल की होगी वह। अंग्रेज़ी स्कूल में पहला दिन था। टीचर ने कुछ कहा। कोई शब्द जो 'सी' से शुरू होता था। गाथा समझ नहीं पाई। टीचर ने फिर दोहराया और हँस पड़ी। साथ ही पूरी की पूरी क्लास इकट्ठा खिलखिलाकर हँस पड़ी। बाद के सालों में गाथा ने अंग्रेज़ी की पूरी की पूरी डिक्शनरी पढ़ डाली उस शब्द को खोजते। पर वह उसे कहीं नहीं मिला।

प्रमित ने न जाने कितना अपमान सहा होगा। उसके पिता के रिश्तेदार तो ज़रूर रहे होंगे। उन्होंने उसे एक अय्याशी की सन्तान से ज़्यादा क्या माना होगा? क्या पता प्रमित की शादी भी इसीलिए वेदी तक जाकर सपने की तरह नहीं होगी। क्या वे सारे लोग प्रमित पर हँस रहे थे?

गाथा की आँखें अँधेरे में डबडबा आईं।

"**प्रमित,** अब तो तुम्हारी शादी में चार दिन बचे हैं। दीपशिखा ख़ुश है न?"

"तुम्हें क्यों लगता है कि वह ख़ुश नहीं होगी? मेरे जैसा ख़ूबसूरत अक़्लमन्द साथी पाकर दुनिया की कौन-सी औरत ख़ुश नहीं होगी?"

"वाह! पहली बार तुमने अपने बारे में कोई अच्छी बात कही है। तुम्हारे होनेवाले नए माता-पिता भी बेहद ख़ुश होंगे ऐसा जमाई पाकर?"

''गाथा तुम पुलिसवालों की तरह बात क्यों कर रही हो? क्या जानना चाहती हो?''

''कुछ नहीं प्रमित। ऐसा कुछ नहीं जो तुम बताना न चाहो।''

''लेखक अक्सर एक चालाक क़िस्म का प्राणी होता है। ऊपर से एक स्त्री लेखक अपनी चालाकी को आसानी से छिपा लेती है, यह दिखाकर कि वह एक आम स्त्री की तरह ताकझाँक करने की आदत रखती है। तुम्हें जो पूछना हो गाथा, तुम मुझसे सीधे पूछ सकती हो। तुम अगर यह जानना चाहती हो कि दीपशिखा के पिता को मेरे एक अवैध सन्तान होने से आपत्ति है या नहीं, तो तुम्हें इतना नाटक करने की कोई ज़रूरत नहीं है।''

''हाँ, तो बताओ।''

''हाहा...तुम्हें लग रहा है कि तुम्हें इतनी आसानी से मैं अपना रहस्य बता दूँगा?''

गाथा प्रमित को अपने सपने की बात नहीं बता सकती। वैसे भी सपने तो सपने होते हैं। गाथा की छोटी बहन के सारे बुरे सपने सच हो जाते हैं। उसे शायद भविष्य की घटनाओं का आभास हो जाता है। पर यह भी तो उसकी बहन की कल्पना हो सकती है।

यों भी गाथा उस कम्प्यूटर के कार्ड को लेकर प्रमित सान्याल की शादी में जानेवाली नहीं थी। उस सपने का कोई आधार ही कहाँ है!

''तीन दिन बचे हैं प्रमित।''

''तुम्हें अफ़सोस तो नहीं हो रहा है न गाथा, कि अब मैं तुमसे पहले की तरह इतनी बातें नहीं कर पाऊँगा? दीपशिखा तो यों ही मुझसे नाराज़ रहती है कि मैं हर समय व्यस्त रहता हूँ। उसे समय नहीं देता।''

''नहीं प्रमित। मुझे कोई अफ़सोस नहीं होगा। मुझे बहुत ख़ुशी है कि तुम्हें वह सब

कुछ मिल जाएगा जो जीवन की धुरी बनाता है। परिवार के बिना तुम अधूरे हो।''

''गाथा तुमसे अच्छा मित्र मुझे कभी नहीं मिलेगा। तुम एक माँ की तरह मेरी चिन्ता करती हो। जल्दी ही कभी हम दोनों तुम्हारा आशीर्वाद लेने कलकत्ता आएँगे। बस शर्त यह होगी कि दीपशिखा को तुम मेरी बातों या मेरे बारे में न कुछ बताओगी न पूछोगी।''

गाथा का मन आशंका से भर जाता है। वह कुछ नहीं कहती।

⬆

''**दो** दिन!'' गाथा लिखती है और आकाश की तरफ़ देखती है। मन में प्रार्थना जैसा कुछ है। सब मंगल हो।

उसके दिमाग़ में रह-रहकर वह सपना कौंध रहा है। न चाहते हुए भी। न जाने वह सपना इतना रंगीन और असली जैसा क्यों है! उसे उस औरत की बिन्दी का रंग और कानों के झुमके तक याद हैं जिससे उसने पूछा था कि दूल्हा-दुल्हन कहाँ हैं।

''कितने लोग होंगे तुम्हारी शादी में?''

''दीपशिखा के घर के आँगन में ही होगी शादी। उसका परिवार और उनके बन्धु-मित्र होंगे। मेरी तरफ़ से तो बस हम तीन-चार मित्र ही जाएँगे।''

''विवाह की वेदी भी आँगन में ही बनेगी?''

''हाँ। उसकी जो कनात होगी उस पर पीले रंग का कपड़ा होगा और पीले चम्पा के फूल लगेंगे। दरअसल मैंने सपने में एक ऐसी ही वेदी देखी थी।''

गाथा का दिल धक से रह जाता है। ओह गॉड! उसे वेदी के ऊपर चारों खूँटों के सहारे बाँधा हुआ पीला कपड़ा अच्छी तरह याद है। चम्पा की ख़ुशबू सपने की याद से निकल तुरन्त उसकी नाक को महका जाती है। चम्पा उसका सबसे प्रिय फूल है।

''तुमने सपने में और क्या-क्या देखा प्रमित?''

“**सिर्फ़** एक दिन! कल तुम्हारी शादी है प्रमित।”

“सच पूछो तो मुझे यक़ीन ही नहीं हो रहा। आज मेरे ससुर आए थे। मुझे रेशमी धोती-कुर्ता और दुपट्टा दे गए जो मुझे कल पहनना है।”

सुनकर गाथा राहत की साँस लेती है। सब कुछ ठीक है।

“तुम आतीं गाथा तो मुझे बहुत अच्छा लगता। सच पूछो तो मेरा सम्मान बढ़ जाता। लोग यह न समझते कि मेरा कोई अपना नहीं है।”

गाथा को समझ में नहीं आता कि क्या कहे।

“तुम तो जानते हो प्रमित कि हमारे परिवार में कल की ही शादी है। वरना मैं अब भी टिकट करा लेती।”

“हाँ मैं जानता हूँ। इस बार मुझसे कोई भूल नहीं होती। पिछली बार की तरह।”

गाथा के रोएँ न जाने क्यों खड़े हो जाते हैं। पता नहीं इस शख़्स का सच क्या है। क्या वह उसे ठीक-ठीक जान पाई है? उसके दिमाग़ में बन्दूकें लिये बहुत सारे लोग चले आते हैं जिनका कोई चेहरा नहीं है।

“तुम्हारे तीन मित्र जा रहे हैं ना तुम्हारे साथ?”

“नहीं। अब दस हो गए हैं। लड़कीवालों को भी लगना चाहिए न कि हम भी कम नहीं हैं।”

गाथा के दिमाग़ में दिन-भर प्रमित की शादी चल रही है।

अब तो न जाने उससे कब सम्पर्क होगा। फ़ुरसत कहाँ मिलेगी उसे? हो सकता है कि सप्ताह-भर बाद एकाध लाइन लिख ही दे। चलो यह अध्याय भी पूरा हुआ।

रात बारह बजे गाथा की नींद खुली। अनजाने ही उसका हाथ पास रखे मोबाइल की तरफ़ बढ़ गया। बिना सोचे उसने ईमेल खोला। देखा प्रमित का मेल है। पाँच मिनट पहले। यह क्या?

''गाथा मेरी शादी नहीं हुई। मैं शादी करने नहीं गया। उन लोगों ने ऐन सुबह-सुबह फ़ोन करके जाने मुझसे क्या-क्या जानना चाहा। वैसे मुझे मालूम था कि यही होगा। मैंने सपने में देख लिया था कि वेदी ख़ाली रहेगी। लोग खा-पीकर हँस-बोलकर चले जाएँगे। वे नहीं चाहते थे कि यह शादी हो। इसलिए वे जश्न के मूड में होंगे।

''तुम मेरे लिए दुखी मत होना। मैं दीपशिखा से प्रेम नहीं करता। मैं ख़ाली उसका उपयोग कर रहा था अपने स्वार्थ के लिए।

''गाथा, मेरा सच क्या है, यह तुम कभी जान नहीं पाओगी। मेरा सच है तो ज़रूर इसी ब्रह्मांड में, पर वह किसी की भी पहुँच के बाहर है। सच पूछो तो कई बार लगता है कि मेरा सच मेरी हथेली की रेखाओं में भी नहीं लिखा। मैं उसे ख़ुद नहीं पढ़ पाता। पीछे देखता हूँ तो सिर्फ़ धुन्ध है। उसमें मैं अपने सच रोज़ मिटाकर रोज़ नए सच लिखता हूँ। यही सबसे बड़ा सच है जो मैं तुम्हें अन्त में बता दे रहा हूँ।''